编委会

顾问：

　　李润田　王才安　孙培新　王文金　张秉义　关爱和　娄源功

编委会主任：

　　卢克平　宋纯鹏　张锁江

编委会副主任：

　　谭　贞　张宝明　季　波　许绍康　孙君健　孙功奇　杨朝阳
　　王学路　冯淑霞　傅声雷　张立新

编委会委员：(按姓氏拼音排序)

　　蔡　军　程遂营　丁翼虎　冯淑霞　傅声雷　洪　浩　桓占伟
　　姬志闯　季　波　孔令刚　李永鑫　卢克平　苗长虹　祁琛云
　　任东景　宋丙涛　宋纯鹏　孙功奇　孙君健　谭　贞　王鹏飞
　　王思琦　王性玉　王学路　武新军　席卫权　许绍康　杨朝军
　　杨朝阳　杨光辉　杨国安　于华龙　展　龙　张宝明　张大超
　　张立新　张锁江

丛书主编：

　　孙君健

执行主编：

　　展　龙　杨国安　桓占伟

副主编：

　　丁翼虎　孔令刚

"夷门传薪学人传"丛书

丛书主编　孙君健
执行主编　展　龙　杨国安　桓占伟

夷门传薪学人传

张今

姜玲　著

河南大学出版社
·郑州·

图书在版编目(CIP)数据

张今/姜玲著.--郑州：河南大学出版社，2022.8
("夷门传薪学人传"丛书/孙君健主编)
ISBN 978-7-5649-5282-2

Ⅰ.①张… Ⅱ.①姜… Ⅲ.①张今-传记 Ⅳ.①K825.46

中国版本图书馆 CIP 数据核字(2022)第 147281 号

夷门传薪学人传　张今
YIMEN CHUANXIN XUEREN ZHUAN　ZHANG JIN

责任编辑	屈琳玉
责任校对	时二凤
封面设计	翟淼淼
出版发行	河南大学出版社
	地址：郑州市郑东新区商务外环中华大厦 2401 号
	邮编：450046　电话：0371-86059701(营销部)
	网址：hupress.henu.edu.cn
排　版	河南大学出版社设计排版部
印　刷	河南瑞之光印刷股份有限公司
版　次	2022 年 8 月第 1 版　印　次　2022 年 8 月第 1 次印刷
开　本	889 mm×1194 mm 1/32　印　张　6.375
字　数	138 千字　定　价　26.00 元

版权所有·侵权必究
本书如有印装质量问题，请与河南大学出版社营销部联系调换。

述往事思来者根在夷门
（总序）

夷门，是一个比开封还古老的名字。

夷门是战国魏都城的东门，因城门修在夷山之上，故名。

夷门最早的故事与魏公子无忌有关。无忌为战国时期魏国第五任君主魏昭王的小儿子。魏昭王去世后，无忌同父异母的哥哥圉继承王位，是为安釐王。安釐王封无忌于信陵（今宁陵），是为信陵君。信陵君的第一个故事是养士辅政。其时，魏国在与秦国的对抗中，处在不利地位。信陵君仿效齐之孟尝君、赵之平原君、楚之春申君的辅政方法，养士三千，诸侯因此不敢加兵于魏十余年。七十岁的夷门看守人侯嬴与屠夫朱亥，均为信陵君礼贤下士所交好友。信陵君的第二个故事是窃符救赵。公元前257年，秦围赵都城邯郸，赵王的弟弟平原君求救于魏。魏王派晋鄙率兵十万，到达邺地。但迫于秦威，止步不前。信陵君听取侯嬴之计，窃取虎符，与朱亥前往邺地。在晋鄙对虎符有疑时，朱亥椎杀晋鄙。信陵君率兵救了赵国。侯嬴在信陵君到达邺地时，自刎于夷门。

窃符救赵的故事发生一百余年后，司马迁寻访战国争雄的史迹，来到夷门。对千金一诺、侠义热血故事颇有兴趣的司马迁,在《史记·魏公子列传》中做了上述精彩描述,扣人心弦犹如小说家言。信陵君事迹很多,司马迁只记礼士与救赵;信陵君在魏养士三千,详写的只有侯嬴与朱亥。传记的结尾,意犹未尽,作者再次称赞信陵君不耻下交的礼士精神:"吾过大梁之墟,求问其所谓夷门。夷门者,城之东门也。天下诸公子亦有喜士者矣,然信陵君之接岩穴隐者,不耻下交,有以也。名冠诸侯,不虚耳。"仁而谦恭,礼贤下士,成就大业。这是夷门叙事的第一重启示。

公元前99年,司马迁为李陵事获罪,受腐刑,因著书事业而隐忍苟活。受刑的第二年,朋友任安写信询问情况,司马迁写下了传诵千古的《报任安书》,完整描画了一个知识人最高最完美的理想:"近自托于无能之辞,网罗天下放失旧闻,考之行事,稽其成败兴坏之理,……凡百三十篇。亦欲以究天人之际,通古今之变,成一家之言。"据此话推定,《史记》已大致完成。今传《史记》有《太史公自序》,其有感于自己身世,而追述中国历史中圣贤发愤著述的传统:"昔西伯拘羑里,演《周易》;孔子厄陈、蔡,作《春秋》;屈原放逐,著《离骚》;左丘失明,厥有《国语》;孙子膑脚,而论兵法;不韦迁蜀,世传《吕览》;韩非囚秦,《说难》《孤愤》;《诗》三百篇,大抵圣贤发愤之所为作也。此人皆意有所郁结,不得通其道也,故述往事,思来者。"这种圣贤发愤著述的传统,是司马迁完成《史记》的支撑力量,也化为以立言为志的中国士人生生不息的精神资源。"究天人之际,通古今之变,成一家之言"与"述往事,思来者",共同成为读书人立言著述的最高理想。身为记述唐尧以来中国历史的史官司马迁,历史上却没有留下他本人卒年的记载。近代王国维考证,司马迁大约卒于汉武帝末年。勤奋于"述往事,思来者"之业,究天地之际,通古今之变,成一家之言,燃烧自我之身,不计身后之名。这是夷门叙事的第二重启示。

公元960年,北宋政权以开封为都城建立,从而创造了继唐代后又一个统一王朝的辉煌时代。此时距司马迁《史记》成书,已过去千年。夷门不在,夷山依旧。夷山之上,北宋皇祐元年(1049年)建起了开宝寺塔。塔体外立面均为褐色琉璃砖,浑似铁铸,民间俗称"铁塔"。1912年,铁塔南麓,建立了一所大学——河南留学欧美预备学校(今河南大学前身)。河南大学的学生均以"铁塔牌"自称。铁塔成为这所大学毕业生最早的logo(标签)。当年椎杀晋鄙的朱亥,因窃符救赵之功,被授相印,其封地原名聚仙镇,在北宋末,改称朱仙镇。岳飞抗金,取得朱仙镇大捷,也终没有挽救北宋王朝的命运。北宋的成功,在文治而不在武功。20世纪40年代,陈寅恪为邓广铭《宋史职官志考正》作序,有"华夏民族之文化,历数千载之演进,造极于赵宋之世"的称赞。一个以唐史研究见长的史学家,推重赵宋文化,绝非偶然。赵宋时期城与市合一,不需要再像《木兰辞》所言那样"东市买骏马,西市买鞍鞯"。城与市合一的开封,勾栏瓦肆林立,充满着人间烟火气。唐宋以来实行的科举制度,使寒族子弟也可以像世家子弟一样,通过个人的努力,通达社会与文化上层。读书人生气聚集之时,赵宋时期出现了士大夫阶层。士大夫具有超越特定族群、特定利益阶层的历史眼光和宽阔胸怀。祖籍大梁的北宋大儒张载不失时机提出的"为天地立心，为生民立命，为往圣继绝学，为万世开太平"的"横渠四句"，成为新兴士大夫群体理想抱负的经典表达。士大夫群体的思想文化创造力活力四射，宋代理学家、史学家、文学家、音乐家、书法家、艺术家层出不穷，群星灿烂，造诣均达极高水平。宋代理学家将儒释道合一，重建儒学体系。新的儒学体系高扬道德的旗帜，以修齐治平调节士人人生期待，以伦理纲常整饬社会秩序。陈寅恪称赞欧阳修晚年所撰《五代史》的功劳在"贬斥势利，尊崇气节，遂一匡五代之浇漓，返之淳正。故天水一朝之文化，竟为我民族遗留之瑰宝。孰谓空文于治道学术无裨益耶?"五四运动过后二十余年，在抗战的炮火中，陈寅恪坚信造极于赵宋之世的华夏文化，本根未死，终必复振。理想、信念、毅力、气节，是读书人的禀赋;立心、立命、继绝学、开太平，为读书人的价值与责任。以治道学术服务国家人民，乃读书的正途与根本。这是夷门叙事的第三重启示。

北宋时期的国子监所在地位于现在的龙亭一带。明代这里辟为周王府。清初，河南贡院一度迁至辉县百泉，清顺治十六年(1659年)河南贡院在周王府旧址修建。因地势低洼积水，雍正九年(1731年)河南贡院迁至夷山南隅。1841年黄河发水，拆河南贡院房舍防洪，第二年重修，新建号舍万余间。1900年的庚子事变，北京用于国家会试的贡院被毁，河南贡院因房舍完好、交通便利，而在1903、1904年成为科举会试所在地。1905年废除科举，河南贡院就成为上千年科举制度的终结地。1912年，河南有识之士在河南贡院的校舍上创办河南留学欧美预备学校,1923年改建为中州大学,1930年易名省立河南大学。因此,从这套丛书的一个人物林伯襄1912年担任河南留学欧美预备学校的校长开始,河南大学叙事便与夷门叙事有了交集,夷门叙事所体现出的精神基因便在河南大学传承延展。与时俱进,百折不挠,在国家、民族站起来、富起来、强起来的百年沧桑中,河南大学以振兴教育、培养人才服务于民族自立、国家复兴和区域发展,成为中原大地高等教育的一棵参天大树。参天地之化,养浩然正气,育万千桃李,以教育报国。此为夷门叙事的第四重启示。

在河南大学迎来110周年校庆之际,学校编写出版"夷门传薪学人传"丛书,嘱我为序。在准备出版的二十多种学人传中,有在河南大学发展的重要节点上做出了重大贡献的主政者,绝大多数是在学校发展的不同时期在学术进步、人才培养方面成绩突出的教授。名人有言:"大学者,非谓有大楼之谓也,有大师之谓也。"这些学者教授就是河南大学的大师。河南大学建立110年来,对国家、对民族的贡献,大部分是通过一代又一代心系桑梓、植根教育的千千万万教育工作者实现的,上述学者教授是千千万万教育工作者的代表。在河南大学这所百年名校中,"究天人之际,通古今之变,成一家之言"的学术创新是他们完成的;"为天地立心,为生民立命,为往圣继绝学,为万世开太平"的学术理想是他们实践的;"参天地之化,养浩然正气,育万千桃李,以教育报国"的百年辉煌是他们参与创造的。这是河南大学110年校庆要编辑出版"夷门传薪学人传"丛书的唯一理由。

有形夷门在司马迁生活的时期已经颓毁,而无形的夷门,留在司马迁的《史记》中,留在宋儒的横渠四句中,留在科举旧地与新式教育的交接中,留在河南大学生生不息的生命意志中。在河南大学建校110年之际,河南大学的注册地移至郑州,但河南大学的办学精神,已经融入河南大学的基因与血脉之中。河南大学从留学欧美预备学校的成立,到今天的"双一流"建设,何尝不是河南有识之士与黄河儿女的"发愤"之作!国家兴亡,匹夫有责,读书人更有责。司马迁"发愤","述往事,思来者"而著"史家之绝唱,无韵之离骚";河南大学"发愤","述往事,思来者"而有发展进步的大手笔、大思路。让我们为之共同奋斗。

放眼寰宇的河南大学,根在夷门。

关爱和
2022年7月

(作者为河南大学教授、博士生导师,中国近代文学学会会长。曾任河南大学校长、党委书记。)

引　子

　　张今 1927 年出生于安阳,当时国际国内形势动荡,时局不稳,外敌入侵,内战爆发。为了躲避日本人,张今在父亲的带领下随全家迁往河南南阳,父亲病逝后又被迫迁往陕西。为了参加革命,张今先是瞒着家人和小伙伴一起组建"社会科学联合会",随后两次报考大学,放弃文学梦,学习新闻、历史和英语,最终入职新华社做翻译,历任翻译部翻译、校订、美洲组组长、英文一组组长等职。

　　1987 年,张今入职河南大学外语系,他的主要任务是帮助河南大学申请博士学位授权点。60 岁,本是退休享清闲的日子,张今却开始了奋力拼搏,为河南大学获批博士学位授权点做出了巨大贡献。首先,他凭借自己的科研实力于 1990 年被国务院学位委员会批准为博士生导师,成为河南大学第一位博士生导师,也是河南大学唯一一位由国务院学位委员会批准的博士生导师。1991 年,张今经国务院批准享受政府特殊津贴。同年,张今受聘为中山大学博士生导师,1992 年起与中山大学联合招收和培养博士研究生,先后招收三名学生,研究方向为"英汉语言对比与翻译"。河南大学拥有一位博士生导师并开始招生,为河南大学成功申请博士学位授权点奠定了基础。其次,张今开始组建学术团队，提携学院其他老师做学术研究，甚至合作申请项目和撰写著作。他和刘光耀教授合作申请了河南省教委项目，其结项成果为《英语抽象名词研究》；他和张克定教授合作申请了国家社科基金项目，其结项成果为《英汉语信息结构对比研究》。完善的学术队伍为成功申请博士学位授权点增加了筹码。再次，张今力荐华南师范大学徐盛桓教授加盟河南大学，最终河南大学博士学位授权点申请工作万事俱备，只欠东风——等待教育部启动全国学位点申报工作。最后，他更是不辞劳苦，走南闯北，为河南大学申请博士学位授权点奔走呼吁，使英语语言文学学科终于在1998年获批博士学位授权点。

完成申报博士点的使命之后，张今转向个人的兴趣和爱好，开始研究易学，出版专著《东方辩证法》及其修订本。晚年，张今又对世界文明的起源产生了兴趣，通过涉猎大量资料，证明世界文明起源于中国。

张今是著名的语言学家、翻译理论家、翻译家和哲学家，在科学研究中取得了非凡的成就。他曾主持完成了国家社会科学基金资助项目"英汉语信息结构对比研究"。主要著作有《英汉比较语法纲要》《英译汉理论与实例》《文学翻译原理》《英语句型的动态研究》《英语抽象名词研究》《思想模块假说——我的语言生成观》《英汉语信息结构对比研究》《英汉翻译技巧》《东方辩证法》《文学翻译原理》(修订本)《英语句型的动态研究》(修订本)《用科学揭开〈易经〉的神秘面纱》《东方辩证法》(修订本)等。他参编了中国译协主持编写的《中国翻译大辞典》。

主要译著有《美学原理》《美学史》《华盛顿传》《学习方法及其在教育上的应用》《无冕之王》《不平凡的一生——哈默传》等多部。他校订的著作有《科学史》和《科学的社会功能》等。专著《文学翻译原理》一书获得1992年国家教育委员会颁发的高等学校出版社优秀学术著作优秀奖。

鉴于张今在语言学、翻译理论和哲学研究方面的成就,《中国日报》1988年采访报道了他的事迹。2006年,他被中国译协评为资深翻译家。他被收录进《中国翻译家辞典》和《中国科技翻译家辞典》。

2019年,为了继承和弘扬河南大学优秀学术传统,人文社科研究院决定实施河南大学优秀学术传承计划"夷门传薪学人传"项目,计划出版系列图书"夷门传薪学人传",精选在河南大学工作多年、德高望重、学术造诣深厚、为河南大学学科发展做出突出贡献的专家学者,以传记的方式记录他们的言行事迹,传承坚忍不拔、负重前行的河大精神,弘扬勤奋敬业、无私奉献的优良传统。

作为张今先生的学生,我很高兴也很荣幸能参与"夷门传薪学人传"的撰写工作。获批校级项目立项之后,我就积极准备,多方收集资料,整理资料。但是,因为时间跨度大,材料庞杂,有些材料读了很多遍,仍不能决定取舍;有些材料思考很多次,亦无法决定置于哪一章节;最终列出提纲,定下章节之后,很多细节不知如何撰写、如何选词。比如,结婚、大婚、完婚、新婚,到底用哪一个词,很是纠结。发生在张今身上的点点滴滴,就像一颗颗闪亮的珍珠,如何把这些珍珠串起来,实在不容易。我就像在广阔的沙滩上寻找我需要的贝壳,既有苦苦寻觅寻而不得的烦恼,也有不经意偶得珍宝的惊喜。

全书共分三章。第一章是"生平经历",童年时代、少年时代和青年时代的主要内容来自于张今生前撰写的学术自传——《霜叶红似二月花》。第二章是"教书育人",包括育人无痕、爱岗敬业、桃李芬芳和学习张今事迹四个部分。第三章是"学术生涯",包括学术小传与学术年鉴、学术历程、治学有道、语言学研究、翻译理论研究与翻译实践以及哲学研究。

本书成稿是很多人共同努力的结果,他们提供的各种素材展现了张今多方面的成就,而他们的支持和帮助也推动了作者完成书稿的决心和信心。然而,由于时间、精力和能力有限,书中难免会有错讹之处,恳请广大读者批评指正。

姜玲

2021年8月5日

目 录

第一章 生平经历 ········· 1
一、生平简介与年鉴 ········· 1
　（一）生平简介 ········· 1
　（二）年鉴 ········· 4
二、童年时代(1927—1938年) ········· 9
　（一）出生安阳县 ········· 9
　（二）父亲张及吾 ········· 11
　（三）母亲朱敬荣 ········· 13
　（四）哥哥张佑文 ········· 13
　（五）"书场"听书 ········· 15
　（六）初遇《易经》 ········· 17
　（七）爱国主义萌芽 ········· 18
　（八）南迁镇平县 ········· 19
　（九）爱问为什么 ········· 20
　（十）喜欢找规律 ········· 21
三、少年时代(1938—1944年) ········· 21
　（一）怕数学到爱数学 ········· 21
　（二）父亲的教育方法 ········· 22

（三）小同学郭世昌 ………………………… 23
　　（四）社会科学研究会 ………………………… 23
　　（五）伪造毕业证 ……………………………… 26
　　（六）国立第一中学 …………………………… 26
　　（七）寻找党的踪迹 …………………………… 29
　　（八）父亲病逝 ………………………………… 31
　　（九）迁居陕西 ………………………………… 32

四、青年时代（1944—1960 年）………………… 33
　　（一）初入大学 ………………………………… 33
　　（二）好友金万吉 ……………………………… 34
　　（三）再入大学 ………………………………… 34
　　（四）短暂的初恋 ……………………………… 35
　　（五）前往解放区 ……………………………… 36
　　（六）参加外文干部训练班 …………………… 36
　　（七）入职新华社 ……………………………… 38
　　（八）组建小家庭 ……………………………… 39
　　（九）长子张玉 ………………………………… 42

五、中年时代（1960—1987 年）………………… 43
　　（一）回归故乡 ………………………………… 43
　　（二）女儿张宁 ………………………………… 44
　　（三）幼子张颖 ………………………………… 44
　　（四）平反改正 ………………………………… 45
　　（五）迟到的入党 ……………………………… 45

  （六）对党的认识 …………………………… 46
  （七）入党动机 ……………………………… 47
  （八）晋升职称 ……………………………… 49
  （九）入职河南大学 ………………………… 52
 六、老年时代（1987—2013年）………………… 53
  （一）活跃科研氛围 ………………………… 53
  （二）获批博士生导师 ……………………… 54
  （三）助力学院获批博士点 ………………… 57
  （四）徐光春书记慰问 ……………………… 59
  （五）获评资深翻译家 ……………………… 60
  （六）关爱和书记、娄源功校长看望、拜访 ……… 61
  （七）亲笔回复调研采访 …………………… 63
  （八）口述学科建设发展 …………………… 69
  （九）病逝于开封 …………………………… 80
  （十）晚年自我评价 ………………………… 85

第二章 教书育人 …………………………………… 88
 一、育人无痕 ……………………………………… 89
  （一）乐读善思 ……………………………… 89
  （二）"心不在焉" …………………………… 90
  （三）平易近人 ……………………………… 91
  （四）关心后学 ……………………………… 92
  （五）博爱无私 ……………………………… 93
 二、爱岗敬业 ……………………………………… 95

（一）做事认真 ·················· 95
　　（二）备课充分 ·················· 96
　　（三）废寝忘食 ·················· 97
　　（四）传授英语学习方法 ············ 97
　　（五）解答自学英语问题 ············ 99
三、桃李芬芳 ······················ 102
　　（一）张克定 ···················· 102
　　（二）张军 ······················ 105
　　（三）牛保义 ···················· 108
　　（四）杨朝军 ···················· 109
　　（五）李良杰 ···················· 111
　　（六）高泽民 ···················· 112
　　（七）盛书钢 ···················· 115
　　（八）王光照 ···················· 117
　　（九）骈俊祥 ···················· 120
　　（十）郝向杰 ···················· 121
　　（十一）姜玲 ···················· 122
四、学习张今事迹 ·················· 128
　　（一）向张今同志学习 ············ 128
　　（二）道德讲堂 ·················· 131
　　（三）向身边的先进典型人物学习 ···· 132
　　（四）"感动河大"人物 ············ 134

第三章　学术生涯 ················ 137

一、学术小传与学术年鉴 …………………… 137
　（一）学术小传 ………………………… 137
　（二）学术年鉴 ………………………… 143
二、学术历程 ………………………………… 144
　（一）第一次学术研究 ………………… 144
　（二）文学翻译研究 …………………… 145
　（三）学术研究的春天 ………………… 147
　（四）对比语言学研究 ………………… 149
　（五）学术研究高峰 …………………… 150
　（六）易学研究 ………………………… 150
　（七）世界文明起源研究 ……………… 151
三、治学有道 ………………………………… 152
　（一）谦虚向学 ………………………… 152
　（二）与时俱进 ………………………… 153
　（三）科研准备 ………………………… 154
　（四）科研问题 ………………………… 154
　（五）科研路线 ………………………… 155
　（六）科研方法 ………………………… 155
　（七）科研境界 ………………………… 156
四、富于创新的语言学家 …………………… 157
　（一）《英汉比较语法纲要》 ………… 158
　（二）《英语句型的动态研究》 ……… 162
　（三）《英语抽象名词研究》 ………… 164

  （四）《思想模块假说——我的语言生成观》…… 165
  （五）《英汉语信息结构对比研究》……………… 167
  （六）《英语句型的动态研究》(修订版)………… 169
五、理论与实践并重的翻译家 …………………………… 169
  （一）《文学翻译原理》…………………………… 171
  （二）《文学翻译原理》(修订版) ………………… 174
  （三）翻译实践 …………………………………… 175
六、勇于探索的哲学家 …………………………………… 176
  （一）《东方辩证法》……………………………… 178
  （二）《用科学揭开〈易经〉的神秘面纱》……… 179
  （三）《东方辩证法》(修订版) …………………… 180

后记 …………………………………………………………… 183

第一章 生平经历

一、生平简介与年鉴

(一) 生平简介①

张今,男,汉族,中共党员,河南大学外语学院教授,博士生

---
① 选自张今先生档案,行文略有改动。

导师,享受国务院政府特殊津贴专家,我国著名的语言学家、翻译理论家、翻译家和哲学家,中外语言文化比较学会副会长,中国英汉语比较学会顾问,河南省译协名誉会长,河南大学第一位博士生导师,也是河南大学唯一一位国务院学位委员会批准的博士生导师。2013年9月20日19时30分因病医治无效于开封逝世,享年87岁。

张今同志1927年2月17日出生于河南省安阳市文峰区西冠带巷,1938年9月至1940年10月在河南内乡安阳初中学习;1941年2月至1943年12月在河南淅川国立一中高中部学习;1944年9月至1945年9月在重庆中央政治大学新闻系学习;1945年9月至1946年5月在重庆中央大学历史系学习;1946年5月至1946年10月在张家口华北联合大学(中国人民大学前身)英文系学习。1947年5月至1958年10月在新华社翻译部工作,历任翻译部翻译、校订、美洲组组长、英文一组组长等职;1965年12月至1987年11月在安阳教育学院任教;1987年11月调入河南大学外语系任教,1991年被国务院学位委员会批准为博士生导师,并经国务院批准享受政府特殊津贴。1992年起与中山大学联合招收和培养博士研究生,研究方向为"英汉语言对比与翻译"。

张今同志共产主义信念坚定,对党的事业无限忠诚。他刻苦学习马克思列宁主义、毛泽东思想,坚决执行党的路线方针政策,具有很强的政治敏锐性和政治鉴别力,讲党性、顾大局,严格遵守党的纪律,在大是大非面前始终保持清醒的头脑,与党中央保持高度一致。他始终把党的事业放在至高无上的位置,具有强烈的事业心和高度的责任感,坚持解放思想、实事求是,恪尽职守,忘我工作。

张今同志是著名的语言学家、翻译理论家、翻译家和哲学家,在科学研究中取得了非凡的成就。他曾主持完成了国家社会科学基金资助项目"英汉语信息结构对比研究"。主要著作有:《英汉比较语法纲要》《英译汉理论与实例》《文学翻译原理》《英语句型的动态研究》《英语抽象名词研究》《思想模块假说——我的语言生成观》《英汉语信息结构对比研究》《英汉翻译技巧》《东方辩证法》《文学翻译原理》(修订本)《英语句型的动态研究》(修订本)《用科学揭开〈易经〉的神秘面纱》《东方辩证法》(修订本)等。他参编了中国译协主持编写的《中国翻译大辞典》。译著有《美学原理》《美学史》《华盛顿传》《学习方法及其在教育上的应用》《无冕之王》《不平凡的一生——哈默传》等多部。他校订的著作有《科学史》和《科学的社会功能》等。他被收录进《中国翻译家辞典》和《中国科技翻译家辞典》。

张今同志的科研方法很独特,他认为做科研要跳出前人的框框,前人的思维定势是一种可怕的习惯势力。为了创新,就得打破思维定势。从逻辑上来说,要摆脱前人的框框,最好的办法就是不往那个框框里跳。为此,他给自己订了两条规矩。第一条规矩是,在研究的初期阶段,只学习本学科的基本知识,对前人的文献一律不看。等自己的理论系统形成以后,再去阅读前人的著作,从中吸收养分,借以修改和补充自己的理论体系。第二条规矩是,没有自己的独特见解,绝不写书。

张今同志一生热爱祖国,忠诚党的革命和教育事业,勤奋敬业、无私奉献。他生活俭朴、作风正派;他顾大体、识大局、谦虚谨慎、为人忠厚、公道正派、光明磊落;他生活朴素、廉洁奉公,保持了共产党人优良的政治本色和高尚的道德情操;他严以律己、宽以待人、关心同事、爱护同志,深受师生和同志们的尊敬和爱戴。

(二) 年鉴

1927年,出生

1934—1937年,在安阳县第二小学学习

1937年,七七事变后,随全家逃难到郾城县和镇平县

1938—1940年,在镇平县/内乡县安阳初中学习,学名张幼吾

1941年2月—1943年12月,淅川县国立一中高中部读书,改名张企伟

1944年1月—1944年9月,在家自学,7月随全家迁至陕西宝鸡,投靠舅父

1944年9月—1945年9月,经中国地下党员李廉介绍,进入重庆中央政治大学新闻系学习

1945年9月—1946年5月,进入重庆中央大学(现南京大学)历史系学习,加入中国共产党领导的青年组织——新民主主义青年社(新青社),参加《星火》《语涛》(进步刊物)壁报编

辑工作

1946年4月,担任十八集团军办事处外事人员,参加中共赴重庆代表团工作

1946年5月—1946年10月,在张家口华北联合大学(中国人民大学前身)英语系学习

1946年8月—1946年9月,参加宣化土改,9月赴延安

1947年1月—1947年4月,在晋冀鲁豫解放区贸易局工作

1947年5月—1958年10月,在新华社翻译部工作,历任翻译、校订、美洲组组长、英文一组组长等职

1956年,结婚

1957年,长子张玉出生

1958年10月—1961年6月,在反右斗争中内定为中右分子,开除公职,在北京市劳动教养所和天津市茶淀农场劳动教养

1961年7月—1965年10月,返回安阳市,在安阳市科协、人民医院、二医院、纱厂等处教英语,同时给商务印书馆译书维持生活

1965年,女儿张宁出生

1965年,任安阳市师范学校代理教师

1965年,出版译著《美学原理》(商务印书馆)

1970年,幼子张颖出生

1972年,成为安阳市师范学校正式教师

1975年,出版译著《美学史》(商务印书馆)

1975年,校订译著《科学史》(商务印书馆)

1979年,新华社总社对1958年问题给予改正平反,恢复原工资待遇

1981年,晋升讲师

1981年,出版译著《学习方法及其在教育上的应用》(山西人民出版社)

1981年,出版专著《英汉比较语法纲要》(商务印书馆)

1982年,校订出版译著《科学的社会功能》(商务印书馆)

1983年,加入中国共产党

1983—1987年,任安阳市文峰区人民代表大会代表、安阳市政治协商会议委员

1984年,出版专著《英译汉理论与实例》(北京出版社)

1984年,出版专著《英美报刊的阅读与理解》(合编,中国对外翻译出版公司)

1984年,出版译著《华盛顿传》(合译,新华出版社)

1984年,出版译著《不平凡的一生——哈默传》(合译,知识出版社)

1985年,出版译著《无冕之王》(合译,新华出版社)

1985年,被评为安阳市优秀教师,享受市级劳模待遇,安阳市人事局决定给予晋升一级工资的奖励

1985年,前往新乡师范学院(现河南师范大学)讲学,被聘为兼职副教授

1986年,晋升正教授,鉴定专家:中国社会科学院语言研究所名誉所长吕叔湘、中国社会科学院美国研究所研究员董乐山、

中国社会科学院哲学研究所研究员/美学研究专家李泽厚、北京大学教授许渊冲、河南大学教授张明旭

1987年,调入河南大学外语系工作

1987年,出版专著《文学翻译原理》(河南大学出版社)

1989年,被评为省管优秀专家

1990年,被国务院学位委员会批准为博士研究生导师

1990年,出版专著《英语句型的动态研究》(河南大学出版社)

1991年,被评为河南大学优秀共产党员

1991年,经国务院批准享受政府特殊津贴

1991年,被聘为中山大学英语语言文学专业博士研究生导师

1992年,与中山大学联合招收和培养博士研究生,研究方向为"英汉语言对比与翻译"

1993年,被评为开封市劳动模范

1993年,主持国家社会科学基金项目"英汉语信息结构对比研究"

1994年,在河南省高校创先争优活动中被评为优秀共产党员

1995年,被评为河南大学优秀共产党员

1995年,第一位博士研究生张克定在中山大学完成博士论文答辩

1996年,被评为河南大学优秀共产党员

1996年,出版专著《英语抽象名词研究》(合著,河南大学出版社)

1997年,出版专著《思想模块假说——我的语言生成观》(河南大学出版社)

1998年,出版专著《英汉语信息结构对比研究》(合著,河南大学出版社)

1999年,参编《中国翻译大辞典》(湖北教育出版社)

1999年,出版专著《英汉翻译技巧》(合著,河南大学出版社)

2001年,再版译著《美学史》(广西师范大学出版社)

2001年,再版译著《美学原理》(广西师范大学出版社)

2002年,获批河南高校人文社科项目"从语言学角度看直译和意译"

2002年,出版专著《东方辩证法》(河南大学出版社)

2005年,出版专著《文学翻译原理》(修订本)(清华大学出版社)

2005年,出版专著《英语句型的动态研究》(修订本)(清华大学出版社)

2006年,荣获中国译协"资深翻译家"称号

2008年,出版专著《用科学揭开〈易经〉的神秘面纱》(山西出版集团/山西科学技术出版社)

2013年,出版专著《东方辩证法》(修订本)(河南大学出版社)

2017年,被评为"感动河人"人物

1982—1997年,任河南省译协理事、副会长。1997年任河南省译协名誉会长

1986—1992年,任中国逻辑与语言研究会学术委员会委员

1986—1997年,任中国翻译协会理事

1992—1997年,任中国英汉语比较学会常务理事,1997任顾问

1995年,任中外语言文化比较学会副会长

二、童年时代(1927—1938年)[①]

(一) 出生安阳县

1927年2月17日(农历正月十六),张今出生在河南安阳县(即现今的安阳市)一个知识分子家庭,取名张幼吾。张今是家里第三个孩子,上面有一个姐姐和一个哥哥,下面还有两个妹妹。姐姐叫张兰芬,哥哥叫张佑文,大妹妹叫张珂,小妹妹叫张玲。

20世纪初叶是中华民族苦难重重、面临生死存亡危机的时代,也是中华民族优秀儿女奋起抗争、救亡图存的时代。20世纪初叶国内外发生了几起重大事件。

---

① 本节主要内容是根据《霜叶红似二月花——张今学术自传》手稿修改增补完成的。

1911年,孙中山先生领导的辛亥革命首义成功;民国成立,清帝退位。

1917年,列宁领导的伟大十月革命获得成功;世界上第一个社会主义国家宣告成立。

1919年,在十月革命的影响下,中国掀起了"五四"新文化运动。

1921年,中国共产党宣告成立。

1922年,国共两党实现了第一次合作;中国共产党人参加了孙中山先生领导的国民革命。

1927年,国民党总裁蒋介石叛变革命,屠杀了五十万共产党人和革命群众,史称"四一二"政变。

1931年,日本军队侵占中国东北三省,史称"九一八"事变。

1936年,东北军司令张学良将军和杨虎城将军"兵谏"蒋介石,要求停止内战,一致抗日,史称"西安事变"。在中国共产党人的调停下,西安事变和平解决。

1937年,日军挑起"卢沟桥事变",抗日战争全面爆发。

张今出生在这样一个多灾多难的中国,这样一个多灾多难的时代。时代赋予的特殊使命,再加上进步家庭和社会环境的影响,注定了张今要像当时成千上万的热血青年一样,通过爱国主义道路,参加到中国共产主义运动与救国图存的革命斗争中来,并为祖国、人民以及共产主义的理想奋斗一生。

（二）父亲张及吾

父亲张及吾1894年出生，幼年在私塾熟读儒家经典，青年时代考入北京大学中国文学系。北大求学期间，他正赶上"五四"运动，参加了天安门游行及火烧赵家楼事件。毕业返乡后，他在教育界任职，致力于宣传"五四"运动的新思想，包括爱国思想、科学思想、个性解放思想和妇女解放思想，并且身体力行。他创办了安阳县第一家刊物《彰德周刊》和安阳县第一家报纸《彰德日报》，亲任社长。

张及吾是国民党党员，但他结交的朋友既有国民党党员，也有中共地下党员，他对国民党和共产党都一视同仁。《彰德日报》创办三年以后，他把日报交给中共地下党员接办。后来，《彰德日报》因言论过激，被当局查封。他又另起炉灶，创办了《邺华日报》。

张及吾一度担任过安阳县教育局局长，卸任后开始创办新学堂。他通过社会集资，先后创办了私立彰德中学、私立邺华女中、私立女子师范学校和私立女子师范附小。他热心一切公益事业，曾捐资300块银元，在县立第一小学创办了安阳县第一家图书馆，取名"自警图书馆"，"自警"是张今爷爷的别号。后来，"自警图书馆"并入县立图书馆。1937年5月，图书馆失火，所有馆藏图书焚烧一空。

张及吾还与人合作创办了"文运书社"，出售宣传新思想的书刊，兼售文具。此外，他还是"万全渠"开凿工程的发起人之一。

张及吾是一个过渡型知识分子。他一方面深受儒家思想的浸润,另一方面又接受了"五四"新文化运动的各种新思想,并且成为新思想的宣传者和实践者。他一方面依靠父辈传下来的土地维持全家生活,另一方面又把自己的全部工资和部分家产用于创办报纸、兴办学校和其他公益事业。他一方面是国民党员,另一方面又以各种方式帮助他身边的共产党人。他一生没有任何反共言行,反而对共产党人抱着同情态度。他不是共产党人,然而在20世纪80年代编写的安阳市中共地方党史中,他却占有重要地位。他一生笃信儒家学说,然而,他却培养出两个共产党员的儿子。

张今在思想和性格方面受父亲影响极深。父亲的儒家仁爱思想、爱国主义思想、民主思想、科学思想、个性解放思想等等,都在他内心深处留下深深的烙印。

张今晚年对自己进行总结,他认为自己是六者的统一,即儒者、爱国者、科学者、民主主义者、自由思想者和马克思主义信仰者的统一。在六者当中,马克思主义思想是主导成分。除了马克思主义思想以外,前五种思想均是从其父张及吾那里继承而来的,并在以后的学校教育中得到进一步巩固。

对张今而言,一生最大的遗憾有两个,一个是他和哥哥关于张家祖坟的争执,另外一个是他始终没有找到父亲遗像。

(三) 母亲朱敬荣

母亲朱敬荣1892年12月出生,是一位家庭妇女,没有上过一天学,但聪慧善良。家里请来私塾先生教孩子们读书,母亲在陪读过程中也认了一些字,达到能读书写信的程度。可惜,在旧社会,她没有多少知识,因而也没有机会发挥她的聪明才智。好在母亲的聪明才智遗传给了孩子们,特别是张今。

除了聪慧,母亲的善良也给张今留下深刻的印象,并影响其一生。他一生善良,宁愿自己受委屈,也不愿意委屈他人。

1981年4月,朱敬荣病故。

(四) 哥哥张佑文

哥哥张佑文比张今年长两岁,生于1925年。童年时代,就生活经验、智力发育和人格独立而言,两岁是一个很大的距离。

张佑文是张今童年时代崇拜的第一位英雄,因为他会制作各种玩具,会带领小伙伴们做游戏。在父母领着大家去西餐馆吃过一次西餐以后,哥哥就带领大家自己动手做冰淇淋。他找来两个铁罐头筒,一大一小,互相套在一起,再给小罐头筒添上把手,在两个铁罐头筒之间填上碎冰块和食盐后,又按照书上的配方,配好做冰淇淋的几种原料,包括冷开水、牛奶、白糖、小苏打等。然后,他又叫小伙伴们抓住把手,旋转中间的小罐头筒,终于成功制出了冰淇淋。他还领着小伙伴们举行气枪射击比赛和游泳比赛。

张佑文上小学时比张今高一个年级,是童子军的中队长,是一位"领袖人物"。有一次,张今乞求他制作一件玩具。他便找来一个空药瓶,用铁丝做了一个螺旋,放在药瓶纸盒的底部,再把药瓶放到纸盒里,用手一按,药瓶就沉了下去,一松手,药瓶又跳上来,叫做"自动跳猴"。

张佑文从河南大学医学院毕业后,在北京中国医学科学院医学情报研究所任编辑。

前文提到过,张今一生最大的遗憾有两个,其中一个便是他和哥哥关于张家祖坟的争执。张家祖坟原在安阳市西郊沙盆窑,后来迁到东郊韩陵山。那里满地都是光秃秃的鹅卵石,哥哥要在那里建立坟地。而张今则对哥哥说:"你不了解情况,那里无法建立坟地。即令建立坟地,也要被人移入厕所。"张今的话很难听,哥哥对他十分不满意,直到哥哥去世为止,兄弟二人的误会始终未能解开。

但是,在哥哥张佑文内心深处始终珍藏着兄弟之情。他在张今70岁生日之际,特地写了一首诗,表示祝贺。虽然是一首打油诗,但情真意切,张今看了以后禁不住热泪盈眶。

贺今弟七十岁生日

97—3—14 作

少年信马列,愕然受通缉,
易名升"一中",学习向前冲,
正值考大学,慈父辞世去。

自励取"中大",忽飞解放区,
添作八路兵,四九进北京,
应是升平时,厄运来得匆,
历尽苦中苦,熬过"大运动",
幸有小平出,祖国改革兴,
"文革"平了反,柳岸花又明。
著书复立说,大学教授充。
多年积怨消,还带博士生,
今届古稀年,奋蹄犹未停,
胸中有大志,自信搏千里,
祝愿壮志酬,为民再立功。

在哥哥眼里,张今的优点是对事忠实负责,对人热情诚恳,吃苦耐劳;而缺点是脾气刚强,急躁任性,不善接近人,看问题片面主观。张今上初中时年龄比较小,但聪慧过人,功课极好,受到老师和同学们的一致称赞,在家里也最得父亲欢心。但他性格沉默,不爱讲话,也不爱活动,整天只读书,做自己的事情。张今老实规矩,从来没有打骂过人,和同学交往的原则是"合则留不合则去"。彼时,哥哥佑文不喜欢张今,嫌他个性太强。他俩聚在一起常常闹气,甚至打架,而且一般都是哥哥打弟弟。

(五)"书场"听书

1933年秋,张今六岁时,父亲把他送入县立第二小学读书。1934年秋,本该升入小学二年级,但父亲表示,"小孩子用脑过早不好",让其再蹲一班。张今那时年龄太小,还没有"蹲班"丢人的观念,就说"蹲班就蹲班吧"。张今本就聪明,蹲班之后更是学有余力。

张今家有些田地,家里雇有两位账房先生管理田产和收租事宜。账房先生们住在内宅外面的两间平房内,被称为"书房屋"。"书房屋"还兼起"客房"作用,常年有一些到县城来办事的乡下远亲,借住于此,一来不用交房费,二来不用交饭钱,十分方便。因此,"书房屋"经常人来人往,十分热闹。到了冬天,长夜漫漫,无事可做,"书房屋"就变成了"书场"。

"书场"一般是由一个人朗读中国古典小说,其他人当听众。张今听故事听得入了迷,就对父母亲说:"我要搬到书房屋去听故事。"张家一共五个孩子,旧社会重男轻女,两个男孩子特别受父母宠爱,和父母合住一室。父母亲同意张今搬到书房屋以后,哥哥佑文仍和父母合住于内宅西屋。到了书房屋,张今是"小少爷",自然受到各种优待,差不多天天都有"书场"。"书场"上朗读的古典小说,首推《三国演义》,其次是《水浒传》,再次则是《西游记》《东周列国志》《七侠五义》《小五义》《济公传》《彭公案》《施公案》《儿女英雄传》《封神榜》《小红袍》等等。

"书场"是男性世界,没有任何女性。因此,大家对《红楼梦》和《西厢记》之类的书都不感兴趣。时间长了,张今便不再满足于听故事,而要自己读故事了。他所阅读的书,首先是上述各种古典小说。其中《三国演义》使用的是浅近文言文,其文字优美传神,他基本都能看懂。即使《东周列国志》等更加文言化的古典小说,他也能看懂。读完这些古典小说以后,除了到巿场上购买新书以外,他还会到父亲的书架中去寻找新的书源。父亲有两个书架,放在内宅的五间上房内,又宽又高,直逼天花板。他从下层开始搜索,果然发现宝藏,搜出一大批儿童刊物和儿童故事书,如《儿童画报》《儿童世界》《小朋友》《儿童侦探故事》《儿童断案故事》等。他沉浸在这些儿童读物中,如饥似渴地从中汲取智慧和营养。这些儿童读物就像一把金钥匙,一下子开启了他的心智,他的智慧在小学二、三年级就像滚雪球似的愈滚愈大。

儿童读物构成了张今的单人世界。虽然到了晚年,他才知道那些读物其实都是父亲给哥哥买的,但他从来没有看见哥哥阅读那些读物,而且哥哥似乎从来没有把它们看得很珍贵。只有他把那些读物当作宝贝,沉浸其中,仔细玩味。

(六)初遇《易经》

大约是张今读小学三年级的时候,家里来了一位客人,名曰谢长申,是张家的远房亲戚。有一天放学后,谢长申和张今说起了文王八卦,当时在场的还有哥哥佑文,但他很快就跑到别处去了,只有张今耐心地听完讲解。谢长申手把手地教张今文王八卦:卦名怎么写,怎么读音,怎样排序。他还把朱熹的卦画歌教给张今,并监督其背熟。

乾三连(☰)；坤六断(☷)。

震仰盂(☳)；艮覆碗(☶)。

离中虚(☲)；坎中满(☵)。

兑上缺(☱)；巽下断(☴)。

众所周知，安阳是《易经》的故乡。"文王拘而演《周易》"就在安阳市城南一个名叫羑里的地方。安阳的下层知识分子中，有不少人懂得周易。谢长申肯定对周易有相当研究，而且热爱周易，不然的话，他不会那么热心地向一个九岁的孩子传授易学知识。当时，张今觉得这些符号很神秘，因而留下很深的印象。此后，他由初中而高中，由高中而大学，最后参加革命，一辈子忙忙碌碌。但是，在闲暇时间，他经常会想起文王八卦来，他很想解开这个谜团。这也是他晚年下决心研究周易的原因之一。

（七）爱国主义萌芽

张今读小学三年级时，校园里出现一份铅印的儿童报纸，叫《儿童新报》。这份报纸以时事报道为主，竭力宣传爱国主义，用套红的大字标题报道了"百灵庙大捷"。因此，傅作义将军就成为了张今童年时代崇拜的第二位英雄。傅作义将军在百灵庙抗击日本侵略军，浴血奋战，是一位民族英雄。从此，爱国主义在张今幼小的心灵中生根发芽。"文化革命"结束后，安阳市开始编辑中共地方党史，张今才知道这份《儿童新报》是安阳市几位年轻的共产党员创办的。当年，安阳教育界共产党员有三个活动中心。第一个活动中心是张父及吾先生创办的安阳女子师范附属小学,第二个活动中心是安阳第一小学,第三个活动中心正是张今所在的安阳县第二小学。因此,从儿童时代起,张今就受到了进步思想和党的教育。

(八) 南迁镇平县

1937年7月,卢沟桥事变爆发,张家开始讨论怎样应对时局的问题。父亲觉得自己是安阳县的名流,日本人来了,一定会强迫他当汉奸,难免要受到日本人的迫害。所以,他们只有一条路可走,就是南迁。1937年冬,张家迁到漯河。1937年年底,战事一天一天扩大。漯河位于京汉线上,当然不保险。于是,1938年春,张家又举家迁到南阳地区的镇平县县城。恰好,安阳初中也迁到镇平县南部的大赵营。1938年夏,安阳初中招生,张今和哥哥同时报考。入学考试只考两门课程:语文和算术。考试的结果是哥哥金榜题名,弟弟名落孙山,因为弟弟的算术成绩是"0"分。算术试题全是文字题,如鸡兔同笼一类,弟弟一道题也答不上,只能交上一份白卷。好在校长张尚德是父亲的朋友,父亲决定到这个学校任教,以维持家庭生活。开学两周后,父亲找到校长说:"我家老二,小孩子没有地方学,让他当旁听生吧!"校长同意了,张今也就入班上课了。但他觉得当旁听生丢人丢面子,大哭了一场。

在南迁途中,父亲失去了他的事业——他所创办的几所中等学校,两兄弟也曾失学半年。但父亲和家人朝夕相处,开始注意到子女的教育问题。半年中,他督促兄弟俩背会了《百家姓》

和《三字经》。在镇平县县城居住期间,家人不知从什么地方弄来一部《人猿泰山》,一共十本。张今一口气读完了十本书,父亲连声称赞:"好,好,有恒心。"这部书讲述了人猿泰山在非洲的各种冒险故事,张今深受其影响,也开始喜欢起探险来。父亲就此开始了他一生中的第二项事业——教育两个儿子成才。他为这项事业费尽心血,甚至不惜献出自己的生命。在这项事业中,像在他的第一项事业中一样,他取得了辉煌的成绩。

(九)爱问为什么

张今很小就养成了"凡事多问一个为什么的"思维习惯,不把一切都当成"理所当然的"。

张今读初中二年级的一天,数学老师到他家去看望他父亲。父亲对他们两兄弟说:"张老师不但数学好,英语也好。你们有什么问题,都可以向张老师请教。"张今马上就向他提出一个问题。他说:"中华书局的英语课本上说 a small boy,开明书店的英语课本上说 a little boy,为什么两种课本的说法不同?"他这一问把老师问住了。

张今偏爱英语,中学时代喜欢读英文辞典。有一次他看到一个英文成语"to run the blockade"。从字面上看,这是"跑封锁"的意思,但为什么字典注明"闯封锁"呢?这一疑问在他的头脑里存留了几十年,直到晚年研究英汉对比语法时,才明白这个 blockade 原来是目的宾语。

张今从幼年时起就喜欢猜谜语,读侦探小说,玩各种益智游戏,也喜欢从大人的话语中捉摸说话的原因。有时猜对了,但往往猜错。不过,这足以说明,他幼年时就是一个好动脑筋的孩子。

(十)喜欢找规律

张今小时候还有另一个思维习惯——不论干什么都要寻找规律性。

张今做学生时经常和小伙伴下跳棋。跳棋的规则是谁先把自己阵营的棋子走到对方阵营,并排列整齐,谁就算赢了。他下棋的时候,总是思考如何布局,棋子前后相连,有时连大人都会输给他。大人们都夸他聪明,前途无量。他自己认为,那是因为他已经摸索出了一套迅速攻入敌营的程序。

喜欢寻找规律为张今之后的科学研究打下了非常好的基础,甚至可以说是他通往科学研究的金钥匙。

三、少年时代(1938—1944 年)[①]

(一)怕数学到爱数学

1938 年秋,张今开始读初中。因为是旁听生,他入班学习的时间比正式生晚了两周。当时,班上的座位已经排好了,他只

---

① 本节主要内容是根据《霜叶红似二月花——张今学术自传》手稿修改增补完成的。

好坐在倒数第二排(最后一排没有人)。在各门功课中,他最怕数学。因为初中一年级第一学期的数学仍是算数,都是应用题,内容仍是"鸡兔同笼"之类,他还是听不懂。当时的教室是由寺院大殿改造而成的,教室后部有一根大柱子。每逢上数学课,他就躲在大柱子后面自个儿玩。每逢考数学的时候,他就按照邻桌同学的试卷抄一通,混个 60 分了事。到了第二学期,他们开始学代数。代数是从头学起,他都能听懂,他的数学成绩上升得很快,他不仅开始喜欢数学了,而且数学成绩非常优秀。在国立一中读高中时,张今的理科都很好,最后在理科班毕业。

(二) 父亲的教育方法

张今和哥哥佑文同班,但学习成绩总是比哥哥好。因此,父亲对他特别偏爱,逢人就夸他比哥哥聪明。他哥哥当然很不高兴,也开始对张今不服气,直到晚年仍然如此。20 世纪 80 年代,张今出版了《文学翻译原理》一书,送给哥哥一本。哥哥说:"我看了你那本《文学翻译原理》,觉得不怎么样。"他只好对哥哥说:"你不了解情况。这是迄今为止国内外第一本用马克思主义的立场、现实和方法来系统研究文学翻译原理的专著。"直到晚年,他哥哥还有一种矛盾心理:一方面真心为弟弟取得学术成就高兴,另一方面内心深处还不服气。父亲对张今的教育是成功的,其教育方法体现了教育的根本奥妙,即欣赏教育,这是一条千古不变的真理。但是,父亲对哥哥的教育则是不成功的,甚至是失败的。他不该为了表扬小儿子而贬低大儿子,父亲这样做只能伤害人儿子的自尊心和自信心,使他产生自卑心理,从此不再努力上进。

(三)小同学郭世昌

张今有一位小同学,叫郭世昌。有一天,父亲把郭世昌的一篇作文拿给兄弟俩看,并且连声称赞说:"好!好!有出息!"张今把郭世昌的作文拿来一看,题目是"我的志愿"。开章明义第一句话就是"我的志愿是当兵"。全篇大意是说:"为了战胜日本帝国主义侵略军,必须有一支优秀的军队;为了完成中国革命,也必有一支优秀的军队。所以,我志愿当一名士兵。"张今的第一个反应是,"他为什么要当兵?我为什么没有想到要当兵?他为什么对当兵感兴趣?我为什么对当兵不感兴趣?"这个谜团一直存在于他的脑海中,得不到解决。直到初中二年级第二学期他参加社会科学研究会,才懂得郭世昌为什么要当兵。原来,他那时对中国革命武装斗争的特点已经有了深刻认识。

(四)社会科学研究会

1939年夏天,安阳初中校址迁到内乡县二郎庙。张家从大赵营迁到二郎庙时,把一个樟木箱子寄托在房东老先生家中。1940年春,父亲派人取回这只樟木箱子。打开箱子一看,箱内有不少书籍,大部分是生活书店、新知书店等进步书店出版的小册子,如《中国共产党简史》《一个美国人的塞上行》《毛泽东自传》《朱德传》等。张家原来并没有这些书,这些书籍是张今的大姐夫王德新的朋友吴鹤九带来的。有书可读是张今最开心的事,他读了这些小册子,思想发生巨变。从此,他就决定把马克思主义作为自己终身的政治信仰。据他哥哥回忆,有一天,他还在教室黑板上书写了"马克思万岁!"的标语。

后来,同班同学詹祥金来找他,递给他一个小纸片,纸片上一共有10个问题。张今回到家里,按照那些小册子回答了这10个问题,并把答卷交给詹祥金。过了几天,詹祥金又来告诉他,"郭世昌同学和我准备成立社会科学研究会,目的是组织小同学阅读进步书刊,我们邀请你参加筹委会"。詹祥金一面说,一面把社会科学研究会的章程和图章拿给张今看,并且说道:"郭世昌和我讨论过分工问题。会长由郭世昌担任,组织部长由我担任。如果你同意入会的话,你就担任文教部长。"张今当即表示愿意入会,并说他家里就有一些进步书刊。这时他也明白了为什么郭世昌一年级就写了那篇立志要当兵的作文。他和詹祥金应该都是中国民族解放先锋队(民先队)的成员,当时还没有少先队。放假了,郭世昌回洛阳了,詹祥金回南阳县了。临走前,詹祥金找张今谈话说:"研究会的章程和图章交给你保管,会务由你负责。开学以后,我们再发展小同学入会。"

1940年暑期过后,张今升入初中三年级。开学不到一星期,父亲突然找他谈话,劈头第一句话就问:"你是共产党吗?"张今一听就愣住了,知道研究会的事情败露了。但他马上镇定下来,决计不泄露组织的机密。于是,他就反问了一句:"爸爸,你看我像共产党吗?"父亲看张今只是一个十三岁的孩子,就没有再说什么,只是挥挥手说:"好啦,你走吧。"父亲没有责备他一句,但是心里却明白:他最疼爱的儿子,虽然现在还不是共产党员,但迟早要成为共产党员。父亲知道,这是一条险恶的道路。但是,根据他平时立身处世的准则,他不愿做任何干涉,只能在夜深人静的时候,暗暗叹息一声。

张今离开父亲之后,急忙把社会科学研究会的章程和图章投入灶火,付之一炬。

晚上哥哥佑文把事情的来龙去脉告诉了张今。原来1940年暑期,詹祥金给郭世昌写信,信中有"会务由张幼吾负责"等字样(张幼吾是张今在初中时期的名字)。当时正是皖南事变前后,国民党特务机关对往来信件查得很紧,自然查出了这封信。于是,特务机关就指示国民党省党部密查此案,并上报密查结果。因此,国民党省党部就给安阳初中国民党区分部写了一封公函,指示他们对此案进行秘密调查。安阳初中的老校长张尚德先生正好是国民党区分部主任。他接到这份公函,连忙找到张父,对他说:"你家老二幼吾是共产党。省党部来了公函,要我调查。你赶快叫他离开学校,避避风头吧。我这里可以向上面去一封公函,就说这三个学生开学以后没有来学校报到,不知去向,把这件事敷衍过去。"

第二天,父亲就把张今送到150里以外淅川县西峡口镇他的好友徐敬轩先生家中。张今在徐叔叔家中住了半年,也失学了半年。

（五）伪造毕业证

1941年，淅川县上集镇的国立一中高中部招收春季始业的高中生。哥哥从家中来到西峡口，并带来一张战区中学初中毕业证书。哥哥说，这张毕业证书是他一手炮制的。他请同班同学马陵先用药水写了一张毕业证，然后到石印铺印了几张，又请同学用肥皂刻了校长的印章和战区中学的印章，在毕业证上盖了章。初中毕业证上写的名字是父亲给张今新起的名字：张企伟。张今在高中时代和大学时期就一直沿用这个名字。

第一天考数学，有一位监考老师是教导主任吴治民先生，他是一位非常值得尊敬的教育家。吴老师当时曾对张今的同学金文说过："你们考高中时交验的毕业证书，一看就知道是伪造的证件。不过，你们的考试成绩都不错。得天下英才而教之，不亦乐乎？"晚年的张今听到这番话，心里很受感动。

1942年春，教育部指示高中二年级要文理分科，办法是自愿报名，学校审批。张今报名参加理科班。他认为如果在大学入学考试中，数学能考满分，就可以百试百中。

（六）国立第一中学

说起抗战时期的国立大学，大家都耳熟能详，比如国立西南联大、国立武汉大学、国立中山大学等。相比之下，国立中学就鲜为人知了。但以下名字大家肯定都不陌生：原国务院总理朱镕基、两弹元勋邓稼先、诗人贺敬之、杂交水稻之父袁隆平等，他们当年都曾就读了国立中学。

抗战时期,我国教育事业受到日本侵略者严重破坏。为维持各地中等教育,延续文化根基,国家先后创办了50余所"国立中学",以数字排序的有22所。从这些国立中学走出至少50位"两院"院士,以及一大批人文社科领域学者,他们后来在各自领域都为祖国建设作出了突出贡献。

国立中学始建于1938年,结束于1946年。

国立第一中学,原名国立河南中学,创建于1938年2月。国立第一中学主要是河北省公立中等学校南迁组成的国立中学。这些学校有:河北育德中学、正定府中学堂、保定第二女子中学、泊镇师范、邢台师范、邢台女子师范、大名女师等。最初集合于河南许昌、郾城,1938年迁至豫西南淅川县上集镇,1944年又迁至陕西城固县。国立一中办学11年,共培养学生4000余人,教学成绩优异,为世人所称道。

1937年"七七"事变后,华北危急,冀中一带的保定育德中学、保定第二女中、泊镇师范、邢台女师、正定师范、大名女师等学校所在地,先后沦为敌占区。这些学校的学生在日寇的烧杀抢掠中,有的侥幸逃命。不过,大多数人在流亡中与家人失散,孤苦伶仃向南逃亡。随着战事的进展,冀、绥以及平津的流亡学生猛增,大量涌入河南。

鉴于战事紧急,1937年10月,教育部派顾兆麟、王静山等人到达河南开封,设立收容点,开展流亡学生收容工作。日军似乎不给喘息机会,他们很快相继侵占黄河以北地区,流亡到河南的师生激增,教育部只好于11月又在开封、许昌两个地方设立"冀察绥平津中等学校通讯处",收容华北战区各省市流亡中学师生。

紧接着,陇海、平汉铁路告急,教育部只好将已经收容的师生撤往河南省西南部的南阳,筹建国立河南临时中学,任命杨玉如为校长。日寇尾随而至,南阳也成危险之地,国立河南临时中学只得撤往南阳西部山区靠近湖北省边境的贫瘠小县淅川县。

1938年2月初,喘息未定的流亡师生终于在南阳淅川上集镇停了下来,国立河南临时中学正式成立。有人提出"临时"二字总给人不踏实的感觉,国民政府教育部随即下令取消"临时"二字,直接以省份命名,国立河南中学就这样诞生了。

国立河南中学是抗战期间国民政府设立的第二所国立中学,也是全面抗战后设立的第一所国立中学。国立河南中学包括师范和初中两个部,全部收容沦陷区学生,共700余名学生。学校在内乡西峡口设立了一分校,又在涌泉观二分校设立了高中部,考来的150多名学生大部分也是来自沦陷区的学生。学校还有一个附属小学,主要招收本校教工子弟,兼收驻地儿童,为国立河南中学输送学生。

1939年4月,教育部整顿国立中学称谓,国立河南中学改名为"国立第一中学"。

国立第一中学在豫西南的山沟里较为平静地度过了七个春秋,直到1944年日寇西进,南阳、镇平、内乡危急,国立第一中学的师生们只好跋山涉水,千里迢迢,耗时两月,迁徙到陕西城固。

1945年，分校也迁至城固，与校本部合并，后改为师范部。1946年国立五中、国立十中、宝鸡高职、汉中中学（原洛阳进修班）、扶轮中学等校的京、津、河北籍学生，编入国立一中就学。1949年11月，国立一中与国立七中（属山西）、国立二十二中（属山东）等校合并，成立汉中临时中学。12月，城固解放，学校停办。

国立一中是抗战时期陶冶抗日民族气节的熔炉，是培养爱国青年的基地。国立一中朴实严谨的校风校纪、学以致用的教学方针、尊师重教的师生关系、同仇敌忾的爱国热情，经受了历史与时间的检验，在中国现代教育史上写下了光辉的一页，留下了一块熠熠发光的丰碑。

在国立一中的学习时光，给张今留下了深刻的印象，也影响了他一生的治学、教育理念以及对党和国家的忠诚与热爱。

（七）寻找党的踪迹

进入国立一中读高中后，张今就开始寻找党的踪迹，但始终没有找到明显的痕迹。读高二时的一天，他的好友李象文拿来两本书。一本是艾思奇的《大众哲学》，一本是沈志远的《政治经济学》。张今得到这两本书，如获至宝，就问李象文这两本书是从哪里来的，李象文说这两本书是高十一班的任彝玺借给他的。任彝玺在安阳初中读过书，是张父的学生，武安人。张今归还那两本书时，嘱咐李象文问任彝玺两个问题：一是他怎样看待马克思主义？二是他对中国共产党有什么看法？李象文带回两本书,并对张今说:"任彝玺说,他认为马克思主义是正确的,但他不同意中国共产党的某些做法。"其实这两句话不是任彝玺说的,李象文从来没有向他问过这两个问题。可能是李象文不好意思向任彝玺提出这两个问题,只好那样搪塞张今。李象文后来升入当时流亡到兰州的北平师范大学,并加入地下党。新中国成立后,张今随新华社到了北京,李象文则到了《南方日报》工作。在反胡风运动中,李象文被打成"胡风分子",夫妻双双跳江自尽,令人不胜浩叹。

其实,张今不知道,党就在他身边,而且他和父亲、哥哥也一直在为党工作。父亲是国立一中的国文老师,当时有一名学生叫李民表(原名李廉君,后改名李廉),1940年在河南省内乡县西峡口加入共产党,在国立一中学习时被中共宛西学委任命为一分校党支部书记。因为身份暴露,学校通知他休学,其实是为了保护他。李民表不相信学校让他休学,想见见郝仲青校长,于是他和另外两位地下党就投奔了张今的父亲。张今的父母知道他们出了事,就收留了他们,安排李民表和张今兄弟二人住在一起。第二天,张今兄弟二人给郝仲青校长送信,郝校长答应亲自到张今家中看望李民表。李民表见到郝校长之后,知道了学校的真实用意,决定离开西峡。他请张今的哥哥佑文通知其他地下党员到西峡城南五里黄桷垭与他会合。李民表对张今一家非常感激。

（八）父亲病逝

1943年冬,高中毕业前夕,张今突然接到家里一封电报"父亲病危速归"。他急忙赶回家中,父亲已经不省人事。他伏在父亲床边,连声呼喊着爸爸,只见父亲嘴角似乎出现一丝笑意,很快就闭上了眼睛。父亲一定是在等着儿子,不肯咽气,见了儿子才安心离去。五个兄弟姐妹当中,父亲尤其疼爱张今。他把他所有的希望都默默地寄托在张今身上。父亲晚年有一首诗,全诗已经遗失。张今从哥哥那里听说了这首诗,哥哥只记得其中一句:"大儿似父次似余"。这句话胜过千言万语,很能表现出父亲对张今的钟爱。父亲晚年到朋友家中串门,每次都带着张今,而且总是在朋友面前夸他,他成了父亲的小尾巴。父亲晚年流亡在外,仅凭着他的工资养活一家人,生活十分清苦,日子过得十分艰难。但是父亲却十分乐观,从来没有任何怨言。他对两个儿子从来没有说过一句责备的话,更谈不上打骂了。

1942年,由于辛苦劳累,父亲患上严重的心脏病,经常找赤梅城一位医生给他治病。时间久了,他和那位医生竟然成了好朋友,那位医生也精心给他医治,但是终因战时药品匮乏,没能给他治好。当时,他本可以带着全家,通过老河口,返回沦陷区的故乡,然后转道去北京治病。但是,他怕耽误两个儿子学习,不愿返回老家治病,直到一病不起。他是为了两个儿子牺牲了自己的生命。

父亲去世时才49岁。当时刚满15岁的张今,尚不知如何心疼父亲的为难,更不知道护送他返乡治病。每每忆及这一段往事,张今都会热泪盈眶。他一生不停歇地钻研业务,进行学术研究,最主要的动力就是父亲的嘱咐和期望。

(九)迁居陕西

1944年春,父亲病故之后,舅父来信叫张今全家迁往陕西省的宝鸡县虢镇,以便就近照顾他们。他们向国民党军买了几张"黄鱼票",动身前往宝鸡。所谓"黄鱼票",就是国民党军车司机在往返空载时为了乘机自肥而出售的客货运输票,并不是真正的车票。车上载满了货物和行李,他们就坐在货物和行李上,摇摇摆摆,十分危险。满载"黄鱼"的军车越过秦岭,在距离西安还有几十里的地方突然出了车祸,整个军车翻倒在路旁的农田里。张今只觉得眼前一黑,像做梦似的被掀到农田里。醒过来后,他听见一片哭喊声交织在一起。他摸摸全身,发现自己没有受伤,就爬起来寻找母亲、哥哥和两个妹妹,万幸大家都没有受伤。大家在一起失声痛哭。哭完以后,环顾四周,只见两个旅客受了重伤,有几个旅客受了轻伤,其他人都安然无恙。国民党士兵带着枪到附近农村,找来一些农民,把汽车抬到公路上,装上货物和行李,再叫他们坐上汽车,由四条老牛拉着,慢慢腾腾地向西安进发。天黑了,还没有走到西安,只好在一个叫十八里铺的地方住下来。最终,走了一天一夜,才到达目的地。

四、青年时代(1944—1960年)[①]

(一)初入大学

1944年春,张今从国立一中高中部毕业。在家赋闲半年,等待1944年夏季的大学入学考试。张今和哥哥讨论升学计划,哥哥说:"一分校有一位同学叫李廉君(即前文提到的李民表),是爸爸的学生,汤阴人,小同乡。他领导过同学闹学潮,父亲曾经帮助他脱险。他肯定是中共地下党员。他现在中央政治大学读书,可以给他写信征求意见。"张今说:"校本部的任彝玺,不断供给我马克思主义理论著作阅读,他也可能是共产党地下党员。"他们两兄弟分别给李廉君和任彝玺写了信,两位学长也分别写了回信,建议他们到重庆升学,起码有一人到重庆升学。

1944年9月1日,张今到达重庆小温泉中央政治大学校址办理入学手续。第二天,他找到李廉君,他们约好晚上到山上学生宿舍谈话。晚上谈话时,李廉君说:"国民党政府号召大学生参加青年军。我身在这个学校,也不能不参加。明天,我就要到昆明去了。什么时候回来,也不知道,少则一年,多则两三年吧。"临走前,张今请求李廉君介绍一位同学指导他学习,意思是介绍一位地下党员指导他学习。李廉君推荐他找外交系的一位

[①] 本节主要内容是根据《霜叶红似二月花——张今学术自传》手稿修改增补完成的。

同学,那位同学也是国立一中一分校校友。张今对他进行了三个月观察,觉得他不像共产党员,事实上也真的不是。

(二)好友金万吉

就在张今陷入政治苦闷的时候,他有幸遇到了另一位好友金万吉(新中国成立后改名金敏之)。有一天,张今在校园散步,发现一座茅草小屋,上了锁,但从门缝里可以钻进去。他钻进去后,发现书架上摆着各种报纸,包括《新华日报》。他就取下《新华日报》阅读起来。连续一星期,他有空就去阅读《新华日报》。到了第八天,忽然有人打开门锁,走了进来。来人见张今在阅读《新华日报》,就说:"这是我们新闻系新闻学会的办公室。各种报纸都有,你随便读吧。"时间久了,他们就成了好朋友,互相交了心。金万吉说,他在国立二中参加了读书会,本来很快可以入党,上级忽然下达命令,停止吸收党员,以致他未能入党。但是,他现在是《中国学生导报》的记者,同地下党员有联系。他经常带回一些铅印的小册子,包括毛泽东同志的《在延安文艺座谈会上的讲话》《中国革命与中国共产党》等等。毛泽东同志在这些著作中号召有志青年投身到火热的革命斗争中。这就是张今后来到解放区去参加革命斗争的思想基础。

(三)再入大学

由于李廉君在张今到达中央政治大学后就参加青年军离去,1945年夏,张今决定重新报考中央大学。他的老友陈式静,有事去中央大学所在地沙坪镇,张今就委托陈式静替他报名,并嘱咐陈式静第一志愿报外文系,第二志愿报历史系。结果阴差阳错,陈式静把他的第一志愿填成历史系,第二志愿填成外文系,他也只好进入中央大学历史系读书了。和他同时进入历史系学习的还有国立一中两位同学:谷风和蒋毅莘。入学后不久,经任彝玺和谷风介绍,张今参加了中共领导的青年组织——新民主主义青年社。当时,正是国共和谈期间,他已无法安下心来读书,几乎把全部精力都用于学生运动:参加游行,办壁报,参加学生社团活动,等等。

(四) 短暂的初恋

虽然在重庆中央大学学习的时间不长,但这里却留下了张今最甜蜜的回忆。他在这里和一个女孩相识五个月零四天。女孩聪明漂亮,和张今一起办壁报《语涛》和《星火》,在生活、学习和工作上都给了张今很大的帮助,张今偷偷地爱上了这个女孩。离开重庆时,他请求这位女孩等着他。分别之后,他经常给女孩写信,有时信中还附有他写的散文和诗歌,表达自己的爱慕之心和思念之情。但是,因为当时是特殊时期,重庆属于国统区,有些信件无法送达。即使是送达的信件,女孩也无法回复。就这样,他们失去了联系。张今甚至还在报上刊登寻人启事,试图找到这位心爱的女孩。再次见到这个女孩,已是多年之后,她已经嫁为人妻,一段美好的初恋就此结束。

（五）前往解放区

1946年4月的一天，谷风找到张今说："现在有机会去解放区，你去不去？北平成立了军调部。解放区缺乏译员，目前正在招募人员。你如愿去，可以报名。"张今说他愿意去，并到上清寺《新华日报》馆参加书面考试，考试合格。4月24日晚，中央大学一些同学在一名向导带领下，穿越田野，到了红岩村十八集团军办事处。当晚，几十名同学在大厅里打地铺住宿。登记时，为了防止国统区家人受害，组织上要求大家都改一个名字。张今想起李大钊同志在《新青年》杂志上发表过一篇文章，题目只有一个字："今"，就决定改名"张今"。

张今一直认为他参加工作的时间就是他到达张家口的时间，也就是1946年4月25日。以后每次填表，他都把1946年4月25日作为他到解放区参加革命的日子。其实，严格来说，他参加革命的日期应该按他到达重庆红岩村十八集团军办事处那天晚上算起，也就是1946年4月24日。好在时间只有一天之差。

张今去解放区走得急，连行李都没有带，也没有来得及告诉家人。他到北京工作之后，才和家人取得联系。

（六）参加外文干部训练班

1946年4月25日早晨，第一批同学，其中也包括张今，由美国专用飞机运送到解放区张家口。当晚，他们就在南郊十三里

右一为张今

营晋察冀军区军政干部学校住下。第二批和第三批同学到达后,成立了军政干部学校外文干部训练班。训练班共有学员约70名,班主任是浦化人,教务长是罗清。训练班编成几个小组,基本上是自学。他们在那里学习了几个月,生活上享受营级干部待遇。

1946年6月,党中央决定把外文干部训练班全体师生转入华北联合大学,与华北联合大学外语系一起组成外国语学院。学院设两个系,训练班学员与原华北联合大学外语系十余名英语班学员组成英语系。罗清任系主任,王震的夫人王季青任政治助理员,后由简群继任。外语学院院长由浦化人担任。当时,华北联合大学的校长是成仿吾同志。

1995年1月5日,张今作诗一首,纪念在干部训练班的日子。

赴张垣参加革命五十周年有感

共产真善美,
少年气如云。

在山泉水清,
理想世界真。

出山泉水浊,
征途多风尘。

历经万劫波,
不悔少年心。

(七)入职新华社

1946年10月1日,国民党傅作义部队向张家口进军,内战爆发。华北联合大学英语系全系学生分配工作,张今报名到新华社工作。二十多名同学分两批,自己背着背包,向延安进发。他们中途到达晋绥边区中共中央分局所在地兴县,听说国民党胡宗南部队进攻延安,延安也要撤退。组织部选出四名英语好的同学,派往延安,其他同学前往太行。

1947年1月,张今他们到达晋冀鲁豫边区中央分局所在地武安县冶头镇。有一些同学分配到《人民日报》社工作。张今请求回故乡安阳县工作,因为他从小喜欢文学,幻想将来作诗写小说,成为文学家。组织部同志对他说:"安阳县是游击区,十分危险。你是外语干部,我们不能叫你去那里。你去贸易局吧。"

张今在贸易局工作了三个月,翻译了一部机器说明书和一架新式摄影机说明书,又被借调到军区卫生部,翻译联合国救济总署运到解放区的药品说明书。

后来,张今又被调到新华社临时总社。原来,延安撤退后,新华社人员太多,无法跟着毛主席在陕北山沟里打游击。中央决定将新华总社迁往太行,搬迁需要一个多月时间。在这一个多月时间中,电台不能停止广播,所以,需要组建临时总社,对外仍使用陕北人民广播电台呼号。当时,广播电台只是新华总社下属的一个单位。一个多月后,总社迁到太行,临时总社才并入总社。

新华社的工作主要是翻译外媒文章,发表在《参考消息》上。社里规定,如果一年的翻译都没有错误,年终进行奖励。张今每年都获得奖励。

(八) 组建小家庭

受初恋的影响,张今很长时间没有再找女朋友,别人介绍的女朋友通常都是无疾而终。1955年,他回安阳探亲。亲戚们又张罗着给他介绍女朋友。女孩有点害羞,就邀请自己的闺蜜和

她一块儿去见张今。戏剧性的是,张今没有看上给他介绍的女孩,而是看上了女孩的闺蜜,成就了一段浪漫的爱情故事。这位闺蜜就是马玉玲女士,1956年1月2日,他们结婚了。

马玉玲1937年出生于安阳,比张今小十岁。结婚之后,她跟随张今来到北京。因为没有工作,她又开始求学,考上了河南省安阳冶金工业学校,学制三年。求学的几年,她往返于安阳和北京之间,很是辛苦,就连大儿子出生之后也是这样。

1960年,马玉玲随张今回到安阳,在安阳糖酒公司上班,上班之余照顾家人。1987年11月,她随张今到河南大学外语系工作。因为当时办理工作调动手续比较麻烦,她重新办理了入职手续,也从原来的干部变成了工人,在外语系《中学英语园地》

工作,主要是做一些体力活,比如接发邮件、登记稿件、样刊打包、外寄样刊等。

张今常年专心于科学研究,家中的事务一般都由马玉玲承担,马老师是家里的大功臣,张今事业上的成功饱含着夫人默默无闻的辛勤劳作和无私奉献。张今虽然专注于事业,平时嘴上不说,但对夫人的所有付出和深情历历在目,深藏于心。偶尔马老师抱怨他,数落他,他都是呵呵一笑。马老师也曾专门问过他是否生气,他说不生气,真不生气。2006年他们结婚50周年纪念日时,张今赋诗一首,即《金婚有感》,表达了他对夫人的真情厚意:

十八嫁我不离弃,患难相依情意深。

生儿育女君照料,衣食住行君费神。

一生劳累谁怜惜?君恩似海愧煞人!

但愿暮年享茶寿,报答平生操碎心!

张今夫妇金婚照

张今夫妇育有三个子女,长子张玉、女儿张宁和幼子张颖。

(九) 长子张玉

1957年5月27日,长子张玉出生。当时,张今夫人马玉玲正在读书,时常在安阳和北京两地之间奔波,比较忙,就把张玉委托给小姑姑张玲照顾。

由于经济困难,家里比较贫困,张玉的营养跟不上,体弱多病,面黄肌瘦,甚至还患上肝炎,发展为肝硬化。

9岁时,张玉回到安阳,和父母生活在一起。他非常聪明,爱读小人书,好问问题,学习成绩很好。他喜欢唱歌、心算和折纸,能折各种小动物和衣服。但他很老实,其他同学经常欺负他,甚至打他。有时他问的问题,会把老师难住,老师不喜欢他,觉得他是北京回来的,有些骄傲。

张玉非常好学,被郑州师范学校录取,毕业后在河南省安阳钢铁厂中学任教,教授英语。

张玉的夫人叫李安莲,就职于安阳市职业技术学校,现已退休。

遗憾的是,张玉2016年4月去世时,还不到60岁。

五、中年时代(1960—1987年)[①]

中年时代本来是一个人大展宏图、建功立业的黄金时代。但是,张今的中年时代却不是这样。原因很简单:他的中年时代正赶上"十年浩劫"。从1957年反"右"斗争开始,到1979年他获得平反改正,整整22年。如果推迟到他调到河南大学工作,则是整整30年。

(一) 回归故乡

1957年,反"右"斗争开始,张今被错划为中右分子,开除公职,离开新华社,送往北京市劳动教养所和天津市茶淀农场劳动。

1960年,张今从农场回到故乡安阳市。为了维持生计,他在安阳市科协、人民医院、二医院、纱厂等处教英语,同时为商务印书馆译书。这一时期,他翻译了《美学史》和《美学原理》,校订了《科学史》和《科学的社会功能》。由于中苏关系恶化,安阳市各中学停止俄语课程,开设英语课程。当时,因为缺乏英语教师,安阳市教育局聘请张今到安阳市师范学校、安阳市抗大中学(安阳市十九中)、安阳市教育学院担任代理英文教师,讲授英语精读、泛读、语法和翻译。同时他也开始总结自己的翻译经

[①] 张今《霜叶红似二月花——张今学术自传》手稿里"中年时代"只有137个字。寥寥百余字,写尽将近30年人生。张今先生的心有多痛,只有经历过的人才懂!

验,撰写了《文学翻译原理》一书,此书二十年以后,经过重新整理,由河南大学出版社出版。

(二)女儿张宁

1965年11月,张今的女儿张宁出生了。张今特别喜欢女孩,对女儿疼爱有加。

1982年9月—1985年6月,张宁在安阳教育学院英语教育专业学习;1988年7月—1991年7月,考入河南教育学院英语教育专业学习;1985年7月—1987年7月,于安阳教育学院英语系工作;1987年8月—1991年2月,至河南大学外语系工作;1991年调入安阳师范学院任教至今。

张宁夫妇育有一女,小时候爱和外公一起玩捉迷藏等游戏。她觉得,外公脾气好,很可爱,平易近人,温和慈祥。

(三)幼子张颖

1970年6月15日,张今的幼子张颖出生了。当时张今工作比较忙,张颖出生十几天他都没有顾上看一眼。夫人马玉玲以为他不喜欢这个男孩子,就和他商量把孩子送给别人抚养。张今这才第一次仔细端详幼子,发现他长得特别可爱,就把他留在家里了。

张颖大学毕业后在河南大学工作,先后任外语学院办公室副主任和国际汉学院办公室主任。

张颖和夫人马晓莉育有一子,名叫张京玮,是爷爷的开心果。张京玮小时候经常去爷爷家找爷爷玩,他会坐在爷爷的怀里,让爷爷讲故事;或者缠着爷爷和他一起做游戏,张今总是笑呵呵地陪着,一点也不着急,完全沉浸在天伦之乐中。除此以外,张今还经常给孙子讲道理,让他长大以后做一个有理想、有抱负、通情达理的人。他还教孙子打扑克,下国际象棋,培养孩子的智力。张今常说,张京玮是他一手培养起来的。话语里充满了骄傲、自豪和疼爱。

(四)平反改正

1979年,新华社决定为张今平反,派时任新华社翻译部主任徐耀林到安阳市同张今联系。徐耀林对他说:"翻译部希望你回去帮助培养翻译干部,一切条件都好说。"之后,新华社的老领导老同事多次邀请他回北京工作,都被他婉言谢绝了。他知道,北京的收入和待遇肯定远远好于安阳,但是他更明白,时间不等人。"文革"十年耽误了太多的时间,他不想再来回奔波了,他只希望能抓紧一切时间潜心做学问。因此,张今最终谢绝了徐耀林同志的请求,并且希望只给他转工资关系,不再转行政职务关系(张今原来的行政职务是处级)。他觉得自己"从政无能,而长于学术研究"。对于张今这些请求,徐耀林都一一答应。

(五)迟到的入党

平反之后,张今向安阳教育学院党组织递交了入党申请书。虽然曾经受到不公平待遇,他始终相信党是他一生的最后归宿。

他在少年时代就确立了共产主义的理想信念,不愿意否定自己少年时代的理想。如果否定了少年时代的理想,也就否定了自己的一生。1983年,经过党组织严格审查,他终于如愿以偿光荣地加入了中国共产党。

(六) 对党的认识

张今少年时期就树立了共产主义理想信念,青年以后义无反顾地投身革命斗争和党的事业,他在入党申请书中详细阐述了他对党的认识,摘录如下:

> 我从青年时代起就投身革命,就亲身经历了民主革命及社会主义革命和建设两个阶段。我从理论上和实践中都深深认识到中国共产党是工人阶级的政党,是中国工人阶级的先锋队。她以马列主义、毛泽东思想作为自己的行动指南;她的最终目标是实现共产主义的社会制度;她在现阶段的总任务是:团结全国各族人民,自力更生,艰苦奋斗,逐步实现工业、农业、国防和科学技术现代化,把我国建设成为高度文明、高度民主的社会主义国家。她在成立以后的前三十年中,领导了中国的新民主主义革命,推翻了压在中国人民头上的三座大山——帝国主义、官僚资本主义和封建主义,成立了中华人民共和国。在建国以后的三十多年中,又领导工人阶级和人民群众,进行了社会主义革命和社会主义建设,取得了伟大的胜利。虽然党在领导中国革命和建设事业的过程中也有过失误,甚至犯过严重错误,但每

一次都能由党自己加以纠正。粉碎"四人帮"就是由党代表人民意志来实现的。在新的历史时期,党又提出了现阶段的总任务。这完全符合历史发展的规律,反映了工人阶级和人民群众的根本利益和迫切要求,得到全国各族人民的热烈拥护。实践已经充分证明,中国共产党是中国工人阶级的政党,是中国工人阶级的先锋队。她不愧为中国革命事业的领导核心,不愧为中国各族人民利益的忠实代表,不愧为一个伟大、光荣、正确的党。

(七）入党动机

关于入党动机,张今在入党申请书中作了如下表述：

我从青年时代就树立起对马列主义的信仰和对中国共产党的信念,后来,又参加到党领导的中国革命斗争中来,以实际行动为自己的政治信仰而斗争。过去,由于自己主观上努力不够,也由于当时的历史条件,自己没有能参加到党的组织中来。但是,自己对马列主义的信仰和对党的信心则从来没有动摇过,即使在逆境中也是这样。1979年,党组织对我1958年的问题给予改正以后,我对党充满感激之情。因此,我再一次向党组织提出了入党申请,表示希望加入党的组织,为共产主义奋斗终身。

在我提出入党申请之后,亲友们对这个问题有两种不同的议论。有的亲友支持我这一行动,认为这是我在政治上力求进步的表现。他们鼓励我严格要求,争取早日具备党员条件,早日加入党的组织。特别是有些情况和我相似的朋友和我互相勉励,互相鼓励。但是,也有一些亲友说:"你已经快到退休年龄,还能工作几年?入党不入党也没有多大关系了。"这种议论也对我产生过影响。因而我在争取加入党的组织问题上一度也表现得不够积极主动。后来,我逐渐批判了这种错误的认识。首先,我想到了邹韬奋同志。他一生为共产主义事业奋斗,临终留下遗言,希望党组织审查他的一生,追认他为中国共产党党员。还有沈雁冰同志。他早年参加党的组织,大革命中失掉联系,一生为党的事业奋斗,临终前也留下遗言,希望党组织追认他为中国共产党党员。他们都把参加中国共产党视为他们一生最大的光荣,他们的事迹都是十分感人的,对广大青年都起了很大的教育作用。我是一个普通人,当然无法和这两个伟大的共产主义者相比。但是,我一生也始终把加入党的组织视为自己最大的光荣和最后的归宿。我在进入老年之后,积极要求加入党的组织,多少也可以对青年人起一定的教育作用。其次,一个人参加党的组织,是要为共产主义奋斗终身,而决不是奋斗到退休时为止。我虽然已经56岁,但身体健康,按照一般情况,只要自己努力加强思想改造,努力工作,我起码还可以为党的事业奋斗20年以上。第三,具有高度共产主义觉悟的无产阶级先进分子必然会积极聚集到党的组织中来。因为无产阶级在同强大的敌人的斗争中,在为共产主义事业奋斗的过程中,"除了组织以外没有别的武器"（列宁语）。我既然以无产阶级先进分子的标准要求自己，就应当参加到党的组织中来，以便为党的组织增添一份小小力量，同时在党组织的帮助下，更好地加强党性锻炼，更好地为党的事业贡献力量。

由于以上原因，虽然我已经逐渐进入老年，我仍然愿意向党组织再一次表示：我诚恳地希望加入到中国共产党组织中来，决心无论何时何地都以个人利益服从党和人民的利益，不怕困难，不怕牺牲，为实现党的纲领积极工作，为共产主义事业奋斗终身。

以上请求，请党组织考虑，并请求党组织审查我是否具备共产党员的条件。不论党组织目前是否批准我为党员，我今后仍将继续以共产党员的标准要求自己，努力加强党的观念和修养，为党的事业积极工作。

（八）晋升职称

1972年5月，张今转为安阳市师范学校正式教师，1981年晋升为讲师。

1985年7月，张今被评为安阳市优秀教师，享受市级劳模待遇，由安阳市人事局决定给予晋升一级工资的奖励。他的主要事迹是教学中注意教书育人，能把自己的研究成果运用到教学中去，注意培养学生发现问题和解决问题的研究能力，教学效果优良。

1985年4月，张今到新乡师范学院（现河南师范大学）讲学,讲学题目是"英语句型的动态研究",被新乡师范学院聘为兼职副教授。

1985年5月,河南大学外语系举办《文学翻译原理》学术讨论会,邀请张今到河南大学讲学,张今的讲学题目是"文学翻译中的若干问题",为期两个月。张今讲课不紧不慢,胸有成竹,条分缕析,丝丝入扣,深入浅出,通俗易懂。

张今在《文学翻译原理》学术讨论会上

讲学之后,河南大学把张今的材料上报到河南省职称评定委员会申请教授,并获得批准。进行鉴定的专家分别是中国社会科学院语言研究所名誉所长吕叔湘、中国社会科学院美国研究所研究员董乐山、中国社会科学院哲学研究所研究员/美学研究专家李泽厚、北京大学教授许渊冲和河南大学教授张明旭。

吕叔湘说:"张今同志从事英语编译与教学多年,所著《英汉比较语法纲要》是国内对比语言学领域中一本较好的著作。它不像同类著作的分词类罗列现象,而是抓住几个问题深入探讨,见解透辟,有不少创见。张今同志的另一著作《文学翻译原理》以马克思主义哲学和美学的观点,分析了文学翻译中各项基本问题,是国内第一本研究文学翻译理论的著作,其中见解也有独到之处。张今同志还著有《英译汉理论与实例》《英语句型的动态研究》《新闻英语翻译技巧研究》《英美报刊阅读与理解》等书,都有一定水平。我认为张今同志胜任正教授的职务。"

董乐山写道:"张今同志40年来长期从事翻译和英语教学工作,建国前后期在新华社担任定稿工作。我曾与他同事十年,得其教益和指点甚多,他独辟蹊径,以多年实际工作经验,著述《英汉比较语法纲要》,将实践提高到理论,见解精辟独到,不落一般此类著作窠臼。《文学翻译原理》填补了国内这一领域空白,在学术上有开拓价值。他的译作《美学史》原文极其艰深,非一般人所能胜任,可见他对美学专业也有深入研究。至于其他著作如《英译汉理论与实例》《英语句型的动态研究》等都是理论结合实际的结晶,对于我国翻译人才的培养都很有价值。因此我毫无保留地推荐授予张今同志正教授职称。"

李泽厚说:"我翻阅过张今同志所译《美学原理》和《美学史》,觉得译笔甚好,水平颇高,充分表现了张今同志的语言造诣和渊博学识。我认为张今同志完全胜任正教授职务。特此鉴定。"

许渊冲写道:"张今同志所著《文学翻译原理》是我国第一本关于文学批评理论的著作,书中提出'真善美'是文学翻译的最高标准,是独到的见解。所译《美学史》一书也能深入浅出,是有关美学史的重要译著。因此,从教学和科研两方面考虑,我认为张今同志应该授予正教授职称。"

张明旭除了对张今的专著和译著进行褒扬,还写道:"在教学方面,张今同志曾经担任过英语专业的精读、泛读、翻译、语法等课程。讲解生动,深入浅出,受到学生的欢迎。"所以,他认为"应把张今同志提升为正教授"。

(九)入职河南大学

1977年,河南大学外语系王宝童老师到安阳参加招生,在安阳师范专科学校听说了张今的经历,在食堂吃饭时正好又和他坐同桌。王老师感到张今谈吐不凡,学识渊博,为人诚恳亲切而又谦逊。那时他已完成《英汉比较语法纲要》书稿,"是一位了不起的人才,如果调到河大可以更好地施展才华"。回到学校,王老师就给学校领导做了汇报,提出这一想法。

1981年,张今出版《英汉比较语法纲要》。1983年,外语系副主任李泽民和张今取得联系,开始商谈张今调动事宜。之后,李泽民三次到安阳,力邀张今加盟河南大学英语语言文学学科,冲刺博士学位点。李主任明白地告诉他:"您到河南大学外语系的主要任务是帮助外语系争取博士点。"张今说:"我可以帮助争博士点,但没有十足的把握。"

当时,河南大学、郑州大学、河南师范大学和黄河大学都邀请张今加盟,张今同意到河南大学工作,但夫人马玉玲和孩子都不同意,他们想去郑州。张今曾去郑州考察,郑州大学创建于1956年,外语学院比较年轻,师资力量相对薄弱,还没有教授。黄河大学当时正在筹建,缺乏人才,资料不足。而河南大学外语系拥有吴雪莉、张明旭、赵帆声等教授,且资料室设配齐全,文献丰富,属于河南省一流学科。同时,为了让张今安心于教学与科研工作,没有后顾之忧,河南大学帮助其夫人调入《中学英语园地》工作,将其女儿转入研究生资料室工作,并将其幼子转学至河南大学附中就读。

1987年11月,张今正式调入河大,全家迁居开封。是年,他正好60岁。

六、老年时代(1987—2013年)

(一)活跃科研氛围

张今初到河南大学外语系时,发现相对于实力强劲的教学力量,外语系对科学研究重视不够。因此,他就用自己的科研成果在河南大学外语系活跃科研氛围,引导教师从事科研工作。调入河大后的短短3年里,他就出版了《文学翻译原理》(1987)和《英语句型的动态研究》(1990)两部专著。同时,他还热心指导其他教师进行科研,包括王宝童老师、刘光耀老师、牛保义老师等。他和刘光耀合作申请河南省教委项目"英语抽象名词研究",他指导牛保义进行英汉语对比研究。

由于张今英汉语法比较研究的影响,外语学院所获得的国家社科基金项目有好几项都是以对比取胜的。甚至到现在,外语学院不少高层次项目仍是对比研究。

(二)获批博士生导师

1990年,张今申请博士生导师,材料报送到国务院学位评定委员会后,专家们非常震惊。他们此前并不知道,河南大学还有这样一位优秀的学者。于是,专家们一致同意批准张今的博士生导师资格。

虽然张今获批博士生导师资格,但由于当时河南大学尚未成为博士学位授权单位,外语学院也没有博士学位授权点,必须挂靠在相应博士点院校才能招生。时任外语系主任徐有志教授受命联系中山大学。

1991年4月,张今和河南大学主管科研工作的副校长陈信春教授、研究生处张德宗处长、外语系副主任吕长发教授南下广州,与中山大学有关领导商讨张今挂靠中山大学招收博士研究生事宜,受到中山大学主管科研与研究生工作的副校长、研究生处处长及有关领导的热情接待。中山大学领导欢迎张今挂靠中山大学招生,并顺利签署了有关协议。

陈信春副校长、张今(右一)和中山大学校领导在一起

陈信春副校长、张今(左二)和中山大学研究生处领导在一起

张今和吕长发专程看望了著名语言学家、中山大学教授王宗炎先生和著名外国文学专家、中山大学教授戴镏龄先生。

然后,陈信春副校长一行四人去海口参加海南河南大学校友会成立大会。

陈信春副校长、张今(前排左五)、张德宗处长、吕长发教授与河南大学海南校友在一起

1991年9月,张今受聘为中山大学英语语言文学专业兼职博士生导师,挂靠到中山大学外语学院招收博士研究生,研究方向为"英汉语言对比与翻译"。

同年11月,张今荣获国家有突出贡献的专家称号,经国务院批准享受政府特殊津贴。

张举贤、吴祖谋、张今(左一)3位教授荣获国家有突出贡献的专家称号,并享受政府特殊津贴

1992年9月,张今和中山大学联合招收第一届英语语言文学专业博士研究生。他在中山大学先后招收了三届四名博士研究生,其中三人毕业获得博士学位,分别为张克定、蔡新乐和杨莉藜。这是河南大学博士研究生培养的开端。

2000年,张今在河南大学招收了最后一名博士研究生,即本书作者。

(三)助力学院获批博士点

张今获批博士研究生导师和招收博士研究生无疑为河南大学外语系争取博士学位授予权增添了筹码,也为学校成功获批博士学位授予权增加了信心。

1991年夏季的一个雨天，学校在科技馆报告厅召开"努力工作争取获取博士学位授予权"动员大会。会后，外语系参加会议的同志在会议室讨论，张今就如何建设学术梯队、宣传好本学科的科研成果和加强对外联系提出了建议。有学校领导参加了座谈会，他们就如何申请博士学位授予权征求张今的意见，因为当时他是学校唯一一位博士生导师。

左二为张今

1993年，河南大学外语系申报英语语言文学二级学科博士点。由于有关部门的行政干预，河南大学的材料没有上报教育部，申报博士点失败了。但是，张今没有气馁，他依然埋头做学术研究。1993年5月，张今获批国家社科基金项目"英汉语信息结构对比研究",这是河南大学外语系首次获批国家社科基金项目。1996年,他与刘光耀教授合著出版了《英语抽象名词研究》。1997年,他又出版了《思想模块假说——我的语言生成观》。

同时,张今非常关心和支持外语学院的学科建设和学位点建设,全力为外语学院招贤纳士。为了加强英语语言文学学科的学术力量,推进学位点建设,张今于1994年亲笔给学校写推荐信,力陈华南师范大学徐盛桓教授的学术造诣与引进的必要性和紧迫性,极力推动徐盛桓教授加盟我校英语语言文学学科。张今的大局意识,成就了河南大学英语语言文学学科。

1997年,河南大学外语系再一次申报英语语言文学二级学科博士点,1998年顺利获批,1999年开始招生。

张今终于不负众望,完成了学校托付的重任。

英语语言文学学科获得博士学位授予权,在外语学院的发展史上具有里程碑意义!外语学院不少学术带头人和学术骨干都受惠于这个博士点。

(四)徐光春书记慰问

鉴于张今的学术造诣和他对河南大学学科发展的贡献,省委省政府领导和学校学院领导经常看望慰问他。

2006年9月6日下午,时任省委书记、省人大常委会主任徐光春到河南大学看望慰问教师,向广大教育工作者致以教师节问候并进行调研。

省委书记徐光春看望慰问张今先生

徐光春专程来到张今家中看望先生。他首先向鹤发童颜的张老献上了一束鲜花,祝他身体健康。得知张今曾在新华社翻译部工作过,徐光春动情地说,张老师也可以说是他的老师,因为他也在新华社工作过。张今向徐光春赠送了自己的著述《东方辩证法》和《文学翻译原理》,徐光春同志接过书之后高兴地说:"您不光培养了那么多人才,还留下这么多精神食粮,教书育人,教学相长,成绩卓著,令人钦佩!"

(五)获评资深翻译家

2006年9月26日,为庆祝国际翻译日,中国翻译协会对239位资深翻译家进行表彰,河南省翻译协会7人受到表彰,他们是刘炳善、张今、李次公、杨宗建、周忠和、钱承欣和黄为葳。

张今（右二）在中国翻译协会资深翻译家表彰会上

资深翻译家是中国译协对长期奉献于翻译事业的专家学者的突出业绩和敬业精神的高度评价，是翻译工作者的极高荣誉。

（六）关爱和书记、娄源功校长看望、拜访

2011年2月18日下午，时任河南大学党委书记关爱和在校党政办公室、外语学院负责同志陪同下，来到张今家里，祝贺张先生85岁生日，祝他健康长寿、生活愉快。

关爱和一行来到张今家里，送上祝寿的鲜花和蛋糕。关爱和与张今促膝而坐，亲切交谈，认真询问张今的健康状况、生活和工作情况。他拉着张今的双手，高兴地说："感谢您对学校和外语学院的发展做出的努力和贡献，祝您生日快乐、身体健康。"关爱和希望张今在身体条件许可的情况下，做好手头的研究工

2011年2月河南大学党委书记关爱和看望张今先生

作,嘱咐外语学院要高度重视、大力支持张今的文集编辑出版工作。

2013年元月河南大学校长娄源功拜访张今先生

身穿枣红上衣、满头银发的张今面色红润、精神矍铄、思维敏捷。他兴致很高,十分认真地和关爱和谈起了他正在研究的学术问题。张今家人说,他虽然退休多年了,但学术研究工作一直没有中断,现在还是把全部精力用于读书和研究。

(七) 亲笔回复调研采访

2011 年 8 月,时任东北师范大学副校长的张绍杰主持一项国家社科基金项目"中国外语教育传统历史调查研究",试图通过对我国英语教育三代学者的调查,总结我国外语教育的传统、外语教育的模式和方法以及外语学习的方法和策略,并在此基础上提出外语教学的改革对策。

张今接到调查消息后,认真准备,用方格纸一笔一划写下自己的看法。全文转录如下。

绍杰教授:

承蒙赐赠《中国外语教育传统历时调查研究采访提纲》,并征求我本人的意见,十分感谢。现在回答有关的各项问题如下:

第一个问题:在经济全球化的背景下,我们国家应该确定什么样的外语教育目的?应该培养什么样的外语人才?

答:我个人认为,在经济全球化背景下,我国外语教育的目的首先应该是派遣大批留学生到美国去"取经",也就是前去学习当今世界上最先进的人文文化和科技文化,并把这些先进文化的成果带回国内。

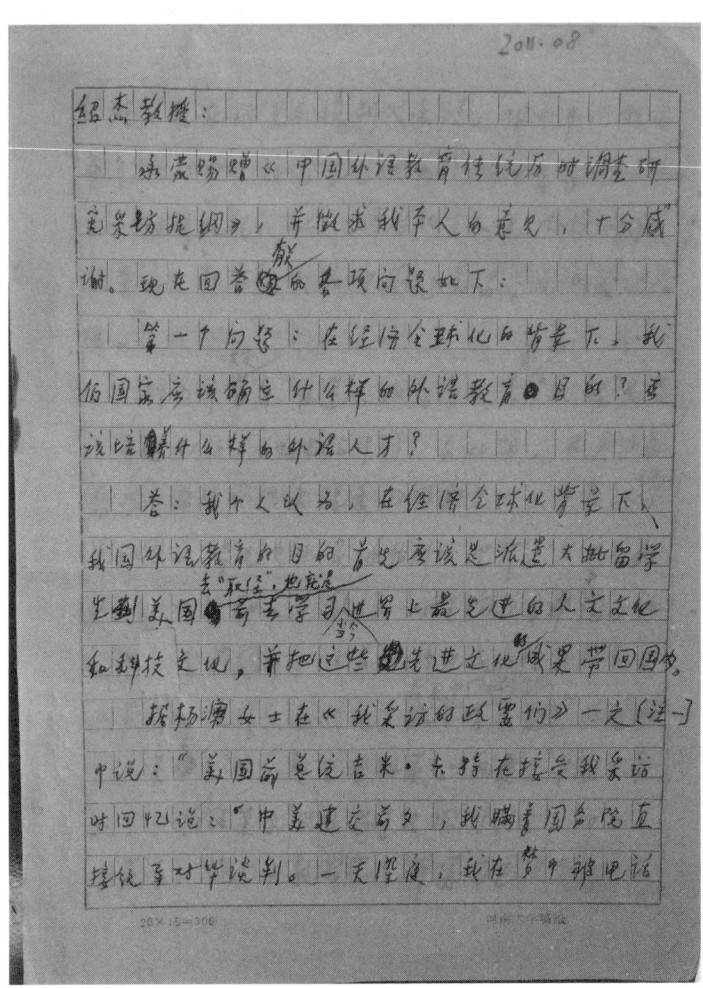

张今先生回复调研采访手稿

据杨澜女士在《我采访的政要们》一文①中说:"美国前总统吉米·卡特在接受我采访时回忆说:'中美建交前夕,我瞒着国务院直接领导对华谈判。一天深夜,我在梦中被电话惊醒。我在北京的谈判代表说,邓小平问能否每年派5000位留学生来美?我睡意甚浓,有点不耐烦地说,让他们派10万人来也没问题。'结果这个数字就成为中国赴美留学生的签证指标。"

邓小平决定每年派遣大批留学生去美国"取经"是十分有远见的。他也估计到,在初期,只有少数留学生学成以后愿意回国服务,大多数人可能不愿回国。情况也正像他估计的那样。不过,他认为,他们都是中国人,心里向往着中国。他们选择留在国外,以另一种方式为祖国服务,也是可以理解的。所以,后来,中国政府就采取了"回国服务,来去自由"的开明政策。以后,中国又采取了一系列政策来吸引留学生回国服务。所以,到后来,绝大多数留学生都愿回国服务,只有极少数人滞留国外。

第二个问题:为什么在经济全球化的时代,美国拥有最先进的人文文化和科技文化?

答:据我们所知,这与历史原因有关。根据我们从网上查到的资料说,希特勒上台以后,推行种族主义政策,使得50万犹太难民被迫流亡他乡。美国接受了其中1/4,并给

---

① 杨澜:《我采访的政要们》,《书摘》2011年第8期。

难民中的知识精英提供了施展才华的环境,使得世界科学文化中心发生了一次洲际大转移,从欧洲转移到了北美洲,从德国转移到美国。

犹太难民为了活命,流亡到75个国家,但是,最后只有美国接受的最多。美国让这些难民落地生根,结出科学文化的硕果,自己也成为最大的受益者。

犹太难民最初首选的流亡地并不是美国,而是欧洲。但是,某些欧洲国家,由于各种原因,未能善待犹太难民,包括其中的科学文化精英。例如,瑞士本是永久中立国。它原是犹太难民十分乐意选择的避难所,但是,瑞士政府却不给他们提供良好的生活条件,反而加以种种限制。又如加拿大。加拿大只欢迎廉价劳动力,而不欢迎知识精英。土耳其是热情吸纳犹太知识难民的国家之一。190多名流亡科学家和艺术家进入土耳其高校,大大提高了土耳其的科学教育水平。可惜,在1938年凯末尔总统去世之后,这一进程随之中断。

让犹太难民得以安居乐业并施展才能的主要力量并不是美国政府,而是美国的公民社会,像那些目光远大的知识界领袖人物,私人性质的基金会以及各种民间援助组织。在流亡到美国的知识难民中,有1090名科学家(绝大部分是教授),811名法律工作者,2352名医生,682名记者,645名工程师,465名音乐家,296名造型艺术家,1281名作家及其他文化领域的自由职业者。被德奥两国驱逐的12000名文化精英中，至少有63%被美国接受，被驱逐的大约1400名科学家，至少有77%被美国接受。

美国本来就是一个文化包容性较强的自由竞争的国家，当时正处于科学、教育和文化的上升期。它有了这些世界一流的知识精英的加强，可谓如虎添翼，迅速登上全球科学和文化的制高点。吸纳欧洲知识难民的成功经验，让美国尝到甜头。从此，美国形成了更加自觉的科学、教育的开放机制。它面向全球青年才俊，敞开留学之门，就业之门。这正是美国在二战以后一直保持全球领先地位的秘诀之一。

第三个问题：邓小平同志为什么十分注意向美国"取经"？

答：根据我在网上查到的材料，1983年，当时任中国社科院副院长的宦乡向邓小平同志介绍了趋势学大师约翰·奈思比的《大趋势》和未来学家阿尔温·托夫勒的《第三次浪潮》。约翰·奈思比在《大趋势》中准确地预言人类将由过去的工业化社会逐渐过渡到以信息传递为主的知识经济社会。托夫勒在《第三次浪潮》中阐述的主要观点是，人类发展史可划分为三次浪潮：第一次浪潮是"农业文明"，第二次浪潮是"工业文明"，第三次浪潮是"信息社会"。这两本书引起了邓小平同志关于"抓住机遇、改革开放"的系列思考和系列决策，从而拉开了中国轰轰烈烈、至今历时三十年的经济改革大幕。

1979年，邓小平同志第一次访美。他在参观福特汽车公司时做了一次讲演。他在讲演里撂下两句话："中国必须要学习美国，必须要向美国学习"；然后，到2000年的时候，中国会变成一个全球的工业强国。向美国学习什么？当然是向美国学习先进的人文文化和先进的科技文化，当然是向美国学习市场经济。恰好，当时趋势大师约翰·奈思比也在现场。他说，坦白地说，我们对邓小平这番话并没有太多感觉，也不太重视。现在，事实证明，这话可了不得。所以，约翰·奈思比说，真正伟大的预言家是邓小平。

趋势大师约翰·奈思比和未来学大师阿尔温·托夫勒都有好几本著作问世，值得我们好好学习。但是，限于篇幅，在这里，我们只能对两位大师的多种著作略而不论了。

第四个问题：除了美国人讲英语，英国人也讲英语。所谓外语还有俄语、法语、德语等。既然邓小平同志决定应该主要派留学生到美国去学习美国先进的人文文化和科技文化，那么，到俄、英、法、德等国家去的中国公费生和自费生在人数上应该大大少于到美国去的中国公费生和自费生。

答：据我们所知，情况正是这样。

第五个问题：出国人员是否都应该"五会"（听、说、读、写、译）？

答：那要看您的身份和角色。如果您是译员（interpreter），您就应该五会，因为这是您的本职工作。如果您是一位高级记者，您也应该五会。这样，您就可以采访到比较全由的信息。如果您是一位无名的小记者,依靠译员也无可厚非。如果您是国家领导人,不管您是否精通外语,最好依靠译员,以免引起各种不必要的误会。如果您是一个出国讲学的学者,您可以依靠译员,也可以自己讲外语。总的来说,今天的外语教学应该更注重口语训练。除了专门的文学课程外,应该更重视基本技能和语言学课程。

以上这篇短文,请克定同志和姜玲同志修改审定。

(八) 口述学科建设发展

张今先生与本书作者

2012年是河南大学建校100周年,也是外语学院建院100周年。为迎接百年校庆,追溯外语学院学科建设发展历史,展示

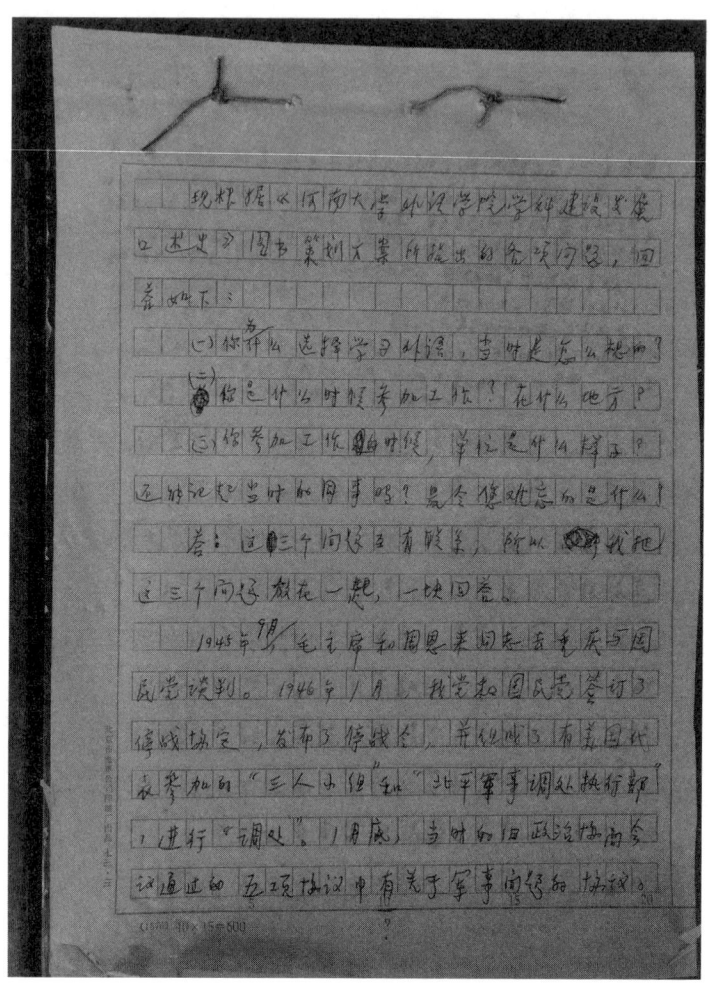

张今先生就外语学院学科建设问答手稿

外语学院名家风采,外语学院决定编写《河南大学外语学院学科建设发展口述史》,对外语学院名家进行访谈。张今是外语学院德高望重的学者,也是笔者的恩师,所以学院决定让我对先生进行采访。接到这个任务,我很高兴,也很荣幸,就在第一时间去了先生家,和他交谈此事。

先生已经85岁高龄,听说是院里的安排,就表示愿意接受采访,但不想录音录像,而且他让我把所有材料留在他那里,他要先就采访的相关内容进行回忆,理清思路,甚至还要查一些东西。比如,他把当年国务院学位委员会批准他为博士生导师的复印件都找了出来。

为了还原事实,采访内容全文转录如下,部分内容可能与其他章节有重复。

一片丹心　弃史学英[①]

姜玲(问):张先生,您好!首先,能否请您谈一下您为什么选择学习外语,当时是怎么想的?

张今(答):我学习外语是一个偶然的事情。1945年9月,毛主席和周恩来同志去重庆与国民党谈判。1946年1月,我党和国民党签订了停战协议,发布了停战令,并组成了由美国代表参加的"三人小组"和"北平军事调处执行部",进行"调处"。1月底,当时的旧政治协商会议通过五项协议中关于军事问题的协议。2月25日,三方组成的军

[①] 姜玲:《一片丹心　弃史学英》,载杨朝军、黄鑫主编《学路回眸:河南大学外语学院学科建设发展口述史》,河南大学出版社,2016年第1-9页。

事小组会议宣布《关于军队整编及统编中共部队为国军的基本方案》获致协议。这样一来,中共方面就需要大批英语翻译人员。4月中旬,周恩来同志将此任务交给南方局外事组组长王炳南同志、外事组成员罗清同志和青年组朱语今同志执行。周总理指示罗清同志:要在半个月内从重庆和成都的大学生中挑选一批政治上可靠、有一定英文水平的人,搭乘美国军用飞机,从重庆飞往张家口,经短期培训后,准备在有美方参加的国共整编军队时,担任我方翻译,并为迎接革命胜利准备干部。罗清和朱语今同志通过地下党组织和新民主主义青年社(简称新青社)、民青社等,在重庆、成都等地大专学校新青社、民青社社员和民主运动中表现好的进步学生中进行组织动员。凡政治和业务符合要求、愿到解放区当翻译的,经过上级审查合格,个别通知到上清寺旧政治协商会议中共代表团进行英语考试。考试人员通过考试后,分批集中到十八集团军办事处,也就是八路军办事处,以中共代表团工作人员的名义,乘美国飞机前往晋察冀边区首府张家口市。这批学生共有80人,由浦化人、罗清等同志带领,于4月下旬分三批飞往张家口。晋察冀军区副参谋长赵尔陆同志到机场迎接;全体同学到达后,受到军区司令员聂荣臻同志的亲切接见。

我当时在重庆中央大学历史系读一年级,并参加了新青社。新青社小组组长、中共地下党员谷风同志问我愿不愿意到解放区去当英语翻译。我说我愿意。他就安排我到上清寺参加英语考试。考试合格后，又在一天晚上领着我穿过野地，到达红岩村十八集团军办事处。当晚，我和许多同学打地铺睡在大厅里。第二天，我们就在罗清同志的带领下，乘坐美国军用飞机，第一批到达张家口。随后，我们就开始了英文学习。

问：您什么时候参加工作？在什么地方？能谈谈具体的情形吗？

答：我参加工作的时间就是我到达张家口的时间。那天是1946年4月25日。以后，每次填表，我都把1946年4月25日作为我到解放区参加革命的日子。其实，严格来说，我参加革命的日期应按我到达重庆红岩村十八集团军办事处那天晚上算起，那也就是1946年4月24日。好在时间只有一天之差。

我们这批同学全部到达张家口之后，先在南郊十三里营晋察冀边区军政干部学校外语干部训练班学习，生活上享受营级干部待遇。外语干部训练班主任是浦化人，罗清任教务长。外训班编成几个小组，基本上是自学。1946年6月党中央决定把外语干部训练班全体师生转入华北联合大学，与华北联合大学外语系一起组成外国语学院，下设两个系。外语干部训练班学员与原华北联合大学外语系10余名英语班学员组成英语系。罗清任系主任，政治助理员先是王震的夫人王季青，后由简群继任。外语学院院长由浦化人担任。当时，华北联合大学的校长是成仿吾同志。

外语学院设在张家口东山坡原日本兵营家属宿舍内。英语系分A、B、C三个班。A班和B班主要是自学,C班由A班学员刘耕田、冯培、朗舒予及艾毅根任教。1946年7月中旬到8月底,外语学院全体师生还停课组成土改工作队,前往宣化县农村贯彻落实中央《五四指示》,发动贫下中农,没收地主阶级的土地分配给无地和少地的农民,并组织农会和民兵。这段土改工作,虽然时间不长,却使同学们受到一次深刻的阶级教育。

问:您参加工作的时候,单位是什么样子,还能记起当时的同事吗?最令您难忘的是什么?

答:我刚参加工作的时候,是哪里需要就去哪里。

1946年10月,国民党傅作义部进攻张家口。华北联大师生向解放区腹地撤退。我和其他20多名从重庆来的同学申请到延安新华社工作。到晋绥边区首府兴县后,恰好国民党胡宗南部准备进攻延安。晋绥边区分局组织部选出三名英文好的同学,即张扬、帅鹏和沈江去延安。另有几人留在晋绥边区。我和其他同学都奉派转向太行。根据我的记忆,同行去太行的同学有:刘星、黄炳辉、李洋、赵仲强、赵扬、汪泽、孟冬、魏琳、黎枚、魏刚、程宜、辛亮、黎觉等。我们在太谷县境内穿过封锁线,到达晋冀鲁豫边区首府所在地冶陶镇,也就是现在的河北省武安县境内。这时,有一部分同学,如刘星、黄炳辉、魏刚、汪泽、孟冬等,继续向山东或东北进军。黎觉要求去国民党区工作。李洋、赵仲强、赵扬、黎枚、程宜等被分配到《人民日报》社工作。我却异想天开地向晋冀鲁豫边区中央分局组织部的同志提出,我想到安阳县去工作。安阳是我的故乡。当时,我梦想做一名文学家,希望到安阳县去体验生活。中央分局组织部的同志对我说:"安阳县是游击区,很危险。你是英文干部。我们不能让你冒那种危险"。他又说:"那你到边区贸易局工作,怎么样?前两天,贸易局局长刘岱峰同志还来询问有没有人懂英文。好像有什么英文材料要翻译成中文。"我不好意思再多说,就同意去贸易局工作。

我到贸易局以后,刘局长拿出两份英文材料叫我翻译。一份是一部进口摄影机的英文说明书,另一份是一部机器的英文说明书。这两部机器都是贸易局从国民党区购买回来的,但没有人会使用。我从重庆去解放区时,随身带着一部商务印书馆出版的《英汉综合辞典》(上下两册),还有一本开明书店出版的《林语堂英语语法》。我一面查英汉辞典,一面对照着英文把说明书直译过来。老实说,我也不知道我译得准确不准确,反正是比葫芦画瓢吧。但是,使用者对我的译文十分满意。他们说,他们原来不知道这些外国玩意儿怎么使用,看了机器说明书的汉语译文就明白怎样使用啦。

一时之间,我会翻译进口机器说明书的消息不胫而走。晋冀鲁豫军区也得知这个消息,并把我借调到军区从事翻译工作。翻译什么呢?翻译联合国救济总署运送到解放区的救济物资中各种药品的仿单。二战结束以后,联合国救济总署对国民党区和解放区一视同仁。一部分救济物资运送到国民党区,一部分运送到解放区。但是,国民党军队总是千方百计地阻挠联合国救济总署官员把救济物资运送到解放区。原因是,在救济物资中,除食品和衣服之外,还有一部分药品和医疗器械。这些药品和医疗器械对解放区非常有用,特别是药品可以解救解放军伤员的生命。当时,负责向解放区运送救济物资的联合国救济总署官员叫夏里逊。他忠于自己的职责,同国民党军队进行了不屈不挠的斗争,最后终因劳累过度,以身殉职,死在河南省开封市。开封至今仍有一座夏里逊小学,纪念这位值得尊敬的联合国救济总署官员。

在完成药品仿单的翻译工作之后,有一天,贸易局局长刘岱峰同志把我叫去,对我说:"你的英文很不错,我们贸易局也需要你这样的人才。但中央分局组织部指名道姓地要调你去新华社临时总社工作。我们要挽留也挽留不住你啦。你就去新华社工作吧。"

新华社临时总社成立于何时,现在已经记不清了。经查证资料,廖承志同志在1947年7月至1949年6月任新华社社长。这就是说,新华社总社人员和新华社临时总社合并的时间就是1947年7月。按总社人员由陕北迁到涉县需要走三个月计算,新华社临时总社成立的时间应在1947年4月份。张贻同志也说,他们在1947年初夏到达涉县。

在北方,初夏就是4月份。

1948年,毛主席和党中央离开陕北,迁到河北省平山县西柏坡。新华社总社也奉命迁到离西柏坡约五里路的一个小村子,叫陈家峪。每到星期六晚上,我们都可以到西柏坡去参观舞会。我也去过两次。舞会的场地其实就是农村的打麦场,毛主席坐在木质大圈椅中,女同志都可以约请毛主席跳舞。

在陈家峪,我还见过朱德总司令一面。这件事令我难以忘怀。一天晚上,我到村口散步,远远看见一位首长带着警卫员走来。走近一看,我惊呆了,心想:"这不是朱总司令吗?"我只是向他敬了一个礼,没有敢同他说话。

问:您是什么时候来河南大学外语学院教书的,您对外语学院当时的情况有什么印象?

答:我是1986年①正式调入河南大学外语学院的。在这之前,外语系主任李泽民同志三次到安阳,邀请我到河南大学外语系工作。他明白地告诉我:"您到河南大学外语系的主要任务是帮助外语系争取博士点。"我对他说:"我可以帮助争取博士点,但没有十足的把握。"实际上,我是1986年来河南大学外语系讲学一次。讲学之后,河南大学就把我当作外语系一名教师报到河南省职称评定委员会申

---

① 张今1986年到河南大学工作,但1987年11月才正式办理入职手续,所以书中可能有时间上的差异。

请教授,并获得批准。1990年,国务院学位评定委员会批准我个人的博士生导师资格,但没有批准在河南大学外语系设立博士点。因此,我只能挂靠到广州中山大学外语学院招收博士生。我在广州中山大学共招收了三名博士生,即张克定、蔡新乐和杨莉藜。一直到1998年,河南大学外语学院才经国家批准建立了博士点。2000年,我招收了最后一名博士生,即姜玲同志。

我初到河南大学外语系的时候,觉得外语系英语教学力量很强,但对科学研究重视不够。因此,我就想用自己的科研成果在河南大学外语系创造一些科研气氛。我到河南大学以后,先后出版了好几本专著,如1987年的《文学翻译原理》、1990年的《英语句型的动态研究》、1996年与刘光耀合著的《英语抽象名词研究》、1997年的《思想模块假说——我的语言生成观》、1998年与张克定合著的《英汉语信息结构对比研究》和1999年的《英汉翻译技巧》。此外,我还有一部专著《英汉比较语法纲要》,是1981年我来河南大学以前在商务印书馆出版的。

问:据我所知,您除了出版很多专著之外,还有不少译著,能谈谈您的心得吗?

答:我之所以能出版这么多专著,当然有我自己的秘密。现在,我把我的秘密告诉大家。这个秘密就是:不论是文学翻译原理也好,翻译技巧也好,语言学理论也好,英汉语信息结构也好,它们其实都是我的翻译经验的结晶。我毕生从事英汉翻译工作,翻译实践经验是很丰富的。这些翻译实践经验有时转化为文学翻译原理,有时转化为各种语言学理论。所以,我的专著都是"言之有物"的,也就是有"自己独特的见解",绝不是重弹别人的老调。

另外,做科研要跳出前人的框框,前人的思维定势是一种可怕的习惯势力。为了创新,就得打破思维定势。从逻辑上来说,要摆脱前人的框框,最好的办法就是不往那个框框里跳。为此,我给自己订了两条规矩。第一条规矩是,在研究的初期阶段,只学习本学科的基本知识,对前人的文献一律不看。等自己的理论系统形成以后,再去阅读前人的著作,从中吸收养分,借以修改和补充自己的理论体系。第二条规矩是,没有自己的独特见解,决不写书。

我还有一个特点,就是善于在研究过程中不断地打破自己原有的思维定势和偏见。要想打破自己原有的思维定势和偏见,是极其困难的。这就像抓住自己的头发,使自己的双脚离开地球一样困难。要想使自己的双脚离开地球,就必须借助外力,如借助滑轮等。要打破自己原有的思维定势和偏见,也同样必须借助外力。借助什么外力呢?那就是虚心听取别人的意见,不断进行自我反思。只有这样,一个人才能既不断地破除传统的思维定势和偏见,又能不断地破除自己原有的思维定势和偏见。

做科研有三种境界。第一种境界是人云亦云。这是最保险最安全的,但也是错误的,最没有出息的。因为这种科研没有新鲜见解,也就是没有创见。错了,不是自己的;对了,也是别人的。第二种境界就是善于破除别人的偏见。这是一种创新,是真正的科研,是值得大力提倡的。第三种境界就是能够打破自己原来的偏见,这是科研的最高境界,也是最难的。

问:您对外语学院将来的发展有什么具体的建议吗?

答:我建议外语学院今后要教学与科研并重,不要偏废哪一方面。并祝福外语学院今后更加繁荣昌盛。

(九)病逝于开封

2013年4月,张今感到身体不舒服,家人带着他去医院进行检查,医生建议住院治疗,但张今不同意,因为在医院生活不方便,更不能看书写书做科研,所以家人选择在家里吃药打针。之后,张今病情加重,家人又带他到郑州检查,医生再一次建议住院治疗,但他依然不同意。回到开封,在医院治疗一段时间,他多次要求回家,甚至还自己从医院跑了出来。

2013年6月4日,张今病情加重,住进了重症监护室,再也没能出来。

2013年9月20日19时30分,张今因病医治无效,在开封逝世,享年87岁。张今走完了他平凡而又伟大的一生。河南大学校园和仁和家属区再也看不到一个满头白发,身体高大,戴着眼镜,满脸微笑,穿着布鞋,提着旧提包,在散步,在思索的一道风景线了。

张今逝世后，河南大学很快发布了讣告，编辑了张今的生平，河南大学网站和河南大学外语学院网站都专门设立"沉痛悼念张今先生专题网站"，学院团委微信公众平台制作发送"悼念张今先生专栏"。

河南大学悼念张今先生专题网站

噩耗传出，举国震惊，很多单位和个人发来唁电，河南大学外语学院多名老师和学生自发撰写文章纪念张今先生，学校领导、学院领导和很多师生自发前往河南大学仁和小区8号楼二单元一楼张今家中看望先生家属。9月24日上午，张今的遗体送别仪式在开封殡仪馆举行。在庄严肃穆的哀乐中，张先生静静地躺着，依然是那么慈祥，那么和蔼，那么伟岸。

据不完全统计，发来唁电的单位有（排名不分先后）：

南京大学外国语学院、北京航空航天大学外国语学院、上海外国语大学文学研究院、西南大学外国语学院、郑州大学、河南师范大学、河南科技大学、郑州轻工业学院、安阳师范学院、华北水利水电大学、河南农业大学、洛阳师范学院、安阳工学院、安阳师范学院外国语学院、信阳师范学院、许昌学院。

发来唁电的个人有(排名不分先后)：

中山大学周海中:惊悉著名学者张今先生不幸逝世,深感悲痛。张先生学识渊博,为人正直,诲人不倦,乐于助人,是后学者的良师益友。他的逝世对贵校和我国学术界都是一大损失。他的业绩永垂不朽。值此悲痛时刻,特致此电,以表悼念,并请向张先生家属转致亲切慰问。2013年9月22日

(周海中为中山大学外国语学院教授,数学家、语言学家。1992年起享受国务院颁发的政府特殊津贴。他在著名数学难题——梅森素数分布的研究中所提出的科学猜想被国际上命名为"周氏猜测",学术界评价颇高。)

中山大学外国语学院常新萍:河南大学外国语学院及张今先生家属:今日,从网上惊悉尊敬的张今先生辞世,非常难过。忆起曾经与先生的交谈并获得的启迪,至今感激。张先生为学之专注和投入、为人之谦逊、豁达和友善,诚为我辈永远之楷模。特此致信,以表哀悼！祝愿张先生一路走好！愿先生家属节哀顺变！2013年9月22日星期日

(常新萍为中山大学外国语学院教授,应用语言学博士,硕士生导师,研究方向为外语教学、第二语言习得、语篇分析、语料库语言学等。1985年河南大学外语系本科毕业;1989年河南大学硕士毕业,获得语言学硕士学位;1996年广东外语外贸大学

博士毕业,获得应用语言学博士学位。)

中国社会科学院外国文学研究所王逢振:惊悉张今先生仙逝,不胜哀伤,谨致诚挚哀悼。因不能前往参加追悼会,请代为安排送一花圈。谢谢。

安阳师范学院党委书记郑邦山:先生的离去是河大乃至全国英语教育界的重大损失,我去参加告别仪式。

中国英汉语比较研究会会长潘文国:保义兄并转张今先生治丧委员会:刚从郭尚兴兄那里得知张今先生不幸去世,十分震惊,张今先生是国内英汉对比语言学的开拓者之一,是中国英汉语比较研究会的顾问,也是我个人尊敬的忘年之交,1994年学会成立会上,我曾有幸与他共居一室,之后多次聆听他的教诲,受益匪浅。对他的去世我非常沉痛,谨代表中国英汉语比较研究会和我个人,向张今先生的去世表示最沉痛的哀悼,并向河南大学外国语学院和张今先生的家属表示深切的慰问。

北京工商大学外国语学院关涛/河南大学文学院关仁训、黄志琴:今天听闻张今先生不幸逝世,不胜悲痛!在校读书期间,虽未直接师从于张今先生,但一直敬仰他的为人和为学,也为他是自己母校河大的大师而感到骄傲自豪。他的逝世,是我国学术界的巨大损失。我谨代表我个人和我的父母,麻烦您代我们向张今先生的亲人转达沉痛悼念和诚挚慰问!恳切希望他们节哀顺变,保重身体。谢谢您!2013年9月21日

河南大学张召鹏:

著作等身　文章遗世功千古

桃李天下　教诲铭心传百年　（2013年9月21日晨）

河南大学王成喜

先生德识高仰终生只问真善美　一代宗师可好走

后学惠问译理桃李求索达雅颂　万世科学寄大同　（2013年9月22日子夜）

河南大学张克定：

  记吾师张今先生（2013年9月21日）

    先生自幼酷爱书，

    毕生精力献学术。

    中西贯通学问家，

    哲通译精语言突。

    吾师坎坷经历丰，

    意志坚定作风正。

    善良无私待人诚，

    道德文章四海名。

  河南大学网站上"悼念张今先生专栏"发表悼念文章11篇，文章的作者分别是河南大学外语学院教授、博士生导师刘辰诞，时任河南大学外语学院院长、教授、博士生导师高继海，时任河南大学国际汉学院院长、现任河南大学欧亚国际学院党委书记李卫国，时任河南大学外语学院副院长、现任河南大学数学与统计学院党委书记史富强，河南大学外语学院教授、博士生导师张克定，时任河南大学《外文研究》编辑部主任、现任河南大学外语学院副院长姜玲、时任河南大学外语学院副院长、现任河南大学外语学院院长、《外文研究》主编/编辑部主任、教授、博士生导师杨朝军,河南财政金融学院外事处国际办学科科长、河南大学外语学院外国语言学及应用语言学专业2007级硕士研究生李良杰,外语学院德语专业2012级本科生孙怡雯、外语学院翻译专业2012级本科生路红和新闻传播学院2012级本科生、学生记者董兰兰。

高继海、李卫国、张克定、姜玲、孙怡雯的文章后来收录进万新芳主编的《外院往事——河南大学外语学院校友忆往》(河南大学出版社,2018)。史富强的文章后来发表在《河南大学报》2013年11月30日第1068期第四版良苑副刊。张克定的文章部分内容以"怀念吾师"为题发表于《河南大学报》2013年12月20日第1070期第四版良苑副刊;以"说'行话',不说'外行话'——记吾师张今先生"为题发表于《中国社会科学报》2013年11月18日第四版学林。杨朝军的文章以"学者的本真"为题发表于《河南大学报》2013年12月20日第1070期第四版良苑副刊。

(十)晚年自我评价

张今晚年自我总结,归纳他的性格有十大特征。

第一,他一生太重感情,而且容易冲动。为此,他吃了不少苦头。但是,这是基因所致,一生积习难改。只是到了晚年,才增添了几分理智的成分。

第二,他一生始终把周围的人都看做是好人,只会以君子之心度人,不会以小人之心度人,从无害人之心,但也毫无防人之心。因此,他虽然一再上当受骗,但江山易改,本性难移。他一生都保留着这份儿童的天真和傻气。这是他父亲的基本气质,也是他一生的基本气质。正因为如此,他才能从童年到老年始终保持着一份"初生牛犊不怕虎"的精神,因此受难,也因此受益。

第三,他一生喜欢真诚,而不喜欢虚伪;喜欢说真话,而不喜欢说假话。即令说了真话,会招来灾难,他也是本性难改。他如果说了假话,就觉得心里不舒服,必须口吐真言而后快。在政治领域,他也曾违心地说过假话,但那是因为身在屋檐下,不能不低头。

第四,他一生喜爱朴素,不喜爱浮华。所以,他一生生活朴素,而不喜浮华。他的文风通顺有余,而文采不足。

第五,他喜爱科学,而不喜爱巫术。他在童年时代也读过很多武侠小说,武侠小说中的剑术就是巫术。外国儿童喜欢描写巫术的故事,中国青少年喜欢阅读武侠小说,都十分自然,也有利于儿童和青少年想象力的发展。但是,在现实生活中,他只爱科学,而不喜欢巫术。巫术思维方式同他的性格格格不入。

第六,他喜欢具体,而不喜玄虚。他喜欢与具体相统一的抽象,而不喜欢玄妙费解的抽象。所以,他不喜欢玄妙难懂的哲学家,如黑格尔、海德格尔等。玄妙虚理同他的性格格格不入。

第七,他喜欢自然,而不喜欢雕琢。所以,他一生喜欢顺其自然,而不喜欢对自然的歪曲。

第八,他喜爱自由,而不喜欢受束缚。在日常生活中如此,在学术研究中也是如此。

第九,他喜欢创新,而不喜欢固步自封。他喜欢到大自然的一个又一个奇境中去探险。在学术工作中,他喜欢开辟一个又一个新的研究领域。

第十,他生性内向,不善交际。但是,他喜欢帮助别人,尤其是有才华的青年人。他曾经帮助过小人而身受其害,但从来无怨无悔。

第二章　教书育人

张今不是师范专业毕业,也从来没有想过要当教师,但他从教半生。从 1961 年担任临时代课教师到 2013 年病逝,一直在教师岗位上工作了 53 年。

教书必先育人,育人必先育己。会育己才会育人,会育人才能教好书。张今从小就会育己。他喜欢读书,喜欢思考,勤学好问,总结出了毛泽东的科研方法,也找到了自己的科研方法。

在新华社工作时,张今主动提出开办讲习班,由经验丰富的同志讲翻译经验,培养翻译人才。他自己编写讲义,做讲座,自主地担负起教师的责任。

回到故乡之后,因为懂英语,张今在多所学校担任临时代课教师,为国家培养人才。他总是变换着不同的教学方法,"文革"期间,他将字母表和着红歌的节奏唱出来,加深学生的记忆。

因为教学认真,教学效果好,张今 1972 年转正,正式成为安阳市师范学校(今安阳师范学院)教师。1985 年 4 月,张今应邀到河南师范大学讲学,被聘为河南师范大学副教授。同年 5 月,张今应邀到河南大学讲学,随后被批准为教授。当年,张今获得安阳市优秀教师和先进工作者称号,他在教学中注意教书育人,能把自己的研究成果运用到教学中去,注意培养学生发现问题和解决问题的研究能力,教学效果优良。

1987年11月,张今正式调入河南大学。由于年龄原因,他在河南大学主要从事学术研究,教授的全日制学生只有4位博士研究生,但他指导过的年轻教师和学生很多。

张今具有高尚的献身教育事业的精神。他学养精深,知识精湛,经验丰富,教学技艺引人入胜。

一、育人无痕

育人有两种方式,即言传和身教,身教的作用远远大于言传。张今不爱言传,很少直接教育晚辈和学生,主要是身教。

(一) 乐读善思

张今特别喜欢读书,童年时代除了在"书场"听书外,还阅读各种古典小说、儿童刊物和儿童故事书。他也阅读新小说和文艺作品,如当时出版的《文艺阵地》杂志。他还阅读图书馆所有有关抗日战争的故事书,如《八路军大战平型关雁门关》《帕米尔高原》(长征故事)《一个美国人的塞上行》等。

张今爱好文学,在国立一中学习期间,阅读了不少国外文学作品,如歌德、海涅的著作。当时一中的教学与学习也偏于文学方向,墙报刊物较多,张今积极参加活动,为墙报撰稿。张今也阅读鲁迅和其他左翼作家的作品以及苏联译著等。而后,张今又阅读了社会科学、政治经济学、大众哲学类书籍。创作方面,张今喜欢写作诗歌和散文。

"文革"10年,张今把全部精力放在读书上。他一有时间就去北京图书馆,早上吃过早饭后带上一个馒和一个空茶缸。馒是中午的饭,茶缸用来喝水,北京图书馆当时免费供应开水。下午直到图书馆关门他才离开。他说当时的北京图书馆藏书量不算大,他几乎把所有的书全都翻了一遍,除了人文社科类的,还包括理工、医学等等。其实他所说的藏书量不大,是以一个喜欢读书的人为标准的。一个国家图书馆藏书量再小,也不会只有几百本书,几千本书,至少也有上万本书。

日常生活中,张今更是博览群书,"按需补课",不断改善自己的知识结构。他认为,按需补课有两个办法。第一个办法是,结合自己的研究课题,广泛阅读各种有关的书刊,而且只阅读其中有关的段落。第二个办法是,在闲暇时间,广泛浏览书报杂志,从各个学科(包括自然科学)吸收自己急需的知识。

(二)"心不在焉"

张今学习时总是专心致志,经常达到忘我的地步,反而显得心不在焉。十四五岁的时候,他患病长了疥疮,家人买了疥疮膏。因为家里条件不好,一张桌子多用,既是餐桌也是书桌,还放置其他东西。该抹疥疮膏了,却无论如何都找不到,家里人想了想,估计是被张今蘸馒吃掉了。

在安阳教书期间,张今非常注意提高自己的英语水平,经常是一边走路,一边看书或者练习口语,多次撞到树上,惹得学校师生笑话,说他是个书呆子。有时,他边走路边思考问题,还会走过自己上课的教室而不自知。

(三) 平易近人

凡是和张今接触过的人,都一致认为他没有架子,特别容易接近。

张今非常谦虚诚恳。无论什么时间、什么场合,无论是对年长的,还是对年轻的,他都以老师或同志相称,从未以专家学者自居。笔者是他的学生,但他一直叫我姜玲老师或者姜玲同志。我和他说过很多次,让他不要这样称呼我,都没有用。

我每一次整理张今的材料,他都告诉我不要夸大其词。比如他的学术兼职,他都改成"曾一度担任xxx职务"。他曾经被借调到部队工作为联合国救济署作翻译,但他说自己只是负责翻译联合国救济署分配到解放区的各类药品说明书,不是联合国救济署的翻译。有人评价他说:作为一名翻译家,张今与朱光潜是新中国翻译史上第一批将西方美学经典介绍给中国读者的译者。他改为:张今先生,像朱光潜先生一样,是新中国翻译史上第一批将西方美学经典介绍给中国读者的译者之一。有人说他和许渊冲、傅雷一道被称为新中国翻译研究文艺学派的奠基者。他要求删除,说自己不能和许渊冲、傅雷相比。

河南大学外语学院老院长吕长发教授说:"张今先生待人诚恳,虚心谨慎,乐于向其他名家学习,去看望王宗炎先生、戴镏龄先生便是一例。张今教授对待同事和学生亲切、热情,从不以教授专家的身份示人。"

河南大学外语学院王宝童教授表示:"张今先生没有大专家的架子,比如我请他给改娣(王改娣)上翻译课,他一口答应下来,并且认真备课,热情讲课,给我印象很深。"

河南大学外语学院刘辰诞教授说,"张老师和我想象的一点都不一样,那么慈祥、那么和蔼,就像邻家大伯。"

(四)关心后学

张今特别关心年轻人,关心后学的成长。

张今调到河南大学工作之后,非常关心外语学院的学科建设,多次对学院科研工作、学术梯队建设工作提出建议。他不仅自己积极著书立说,为其他教师做榜样和表率,还热心关心其他教师,和他们一起撰写论文和专著,帮助他们找寻研究课题、修改项目申请书等。

与张今一起申请河南省教委项目"英语抽象名词研究"并合著《英语抽象名词研究》的刘光耀老师说,他是在张今指导下写出了专著,并且在此基础上完成多篇论文。他非常感谢张今引导他围绕"英语抽象名词研究"这个项目展开工作,使研究有了一定的深度。

2007年4月,我在复旦大学参加首届全国高校翻译专业建设圆桌会议时,正好和《外语研究》的主编杨晓荣合住一个房间,杨晓荣听说我来自河南大学,特地让我转告张今先生,感谢张今评审她的博士生导师申报材料,肯定她的学术水平并同意她晋升博士生导师。

河南大学外语学院王宝童教授谈及张今时说："张先生给我最突出的印象,是他关心后学。他来开封后,和我多次谈到,做学问应该以文会友,并且多次买英诗研究方面的书送给我。我听从他的指导有些进步,深深感谢他。"

河南大学外语学院高继海教授读过张今的著作《文学翻译原理》,对他在书中提出"真善美"的翻译标准感到新鲜、新奇,就拜访了他。高继海抱着学习的态度,请他谈谈提出这个理论的依据与意义。高继海还特意就朱光潜翻译的黑格尔《美学》和朱光潜的著作《悲剧心理学》倾听过张先生的教诲。

(五) 博爱无私

张今一生博爱无私,倾尽全力培养帮助学生。用他自己的话说,这一所谓精神与传承始于他在国立一中学习时先生们倾心育人事迹的示范和教导。

国立一中汇集了各地教育界的英才和有志之士,他们以挽救民族危亡为己任,具有高尚的献身教育事业的精神。为了收容华北各地的流亡学子,校领导四处奔走呼吁,筹措经费,寻觅校址,抢运图书仪器。流亡学子不但有了容身之地,而且受到了正规系统的教育。在校领导的周密策划下,日本投降前夕,学校从豫西迁往陕南。一路上师生们扶老携幼,患难与共,精诚团结,亲密无间,终于冲破了重重困难,顺利到达目的地。

张今爱生如子,像父亲一般亲切地教导学生,经常资助贫困学生,帮助学生撰写求学、求职、留学、刊发论文推荐信,帮助学生修改论文和译文,引导学生发现学习中的问题,并指导他们解决问题。

河南师范大学外国语学院前任院长梁晓冬回忆说,河南师范大学外国语学院曾经邀请张今做学术讲座。因为她是安阳人,又是张今的学生,学院派她送张今回安阳。到安阳下火车之后,张今取回存在车站的自行车,执意骑车先把她送回家。

张今胸襟坦荡,有大局意识,从不计较个人得失,从不攀比收入的高低、名利的多少。1995年,河南大学采取超常的办法成功引进徐盛桓教授,月薪5000元。而作为学校当时唯一一位博士生导师,张今的工资要远远低于这个数字,但张今从未向外语系、学校或任何个人提及。

张今离休之后,各级领导经常去他家里看望和慰问他,每次问到他在学术和生活中是否遇到一些困难或不适应,是否需要帮助和支持时,他都说没有。其实,他的生活中有很多困难,比如他没有科研经费,他完成的书稿迟迟不能出版,他出门没有汽车,他孙子大学毕业没有找到工作,他老伴没有职称待遇低,等等。我一直和他说,按他的身份,所有这些事情都是可以找学校解决的,但他就是不愿意给学校找"麻烦"。很多时候,家人只好背着他做一些事情。比如,2010年,张先生想回老家看看,因为年事已高坐不了长途汽车,他的小儿子张颖来到外语学院刘辰诞院长办公室,问问是否可以派一辆小车。语气中透出歉意,似乎是占了学院的便宜。刘院长当时眼泪都快掉下来了,想一想:与许国璋一起名列外语学界十二巨匠的一代宗师,坐坐车就这样歉疚！其实张今不知道，不是他占了学校的"便宜"，而是学院、学校乃至中国学术界都占了他的"便宜"！

张今生活非常简朴，吃的是粗茶淡饭，穿的是贫民布衣。他写作所用的纸张都是很久以前的旧纸，颜色已经发黄，而且都是正面用完翻过来反面接着用。他甚至没有订书机，每次写完一份东西，都是他的夫人马玉玲老师用针和线缝起来。为了节省纸张，他总是使用涂改液进行修改，或者用剪刀把纸张剪开之后再重新组合，粘贴在旧杂志纸上。虽然我给他买了订书机，送去一些A4纸和稿纸。但我发现，除了打印材料，他仍然在使用原来发黄了的旧纸。

二、爱岗敬业

（一）做事认真

张今工作态度认真。翻译《美学史》时，因手边没有资料，有一些人名无法查对，就请当时在郑州大学读本科的盛书钢代为查对，并指导他如何查对。他告诉盛书钢，可以查《世界人名大辞典》，也可以查相同类型英语词典的附录。如果一个人名下有几条，需要把原文都记下来。

离休之前，外语学院每次开教职工大会，张今都早早地赶到院里端坐在第一排。领导多次告诉他不必亲自前来，有什么事学院会向他通报。或者他坚持要来，学院安排汽车去接他。张今只是笑而不答，下次开会时依然按时参加，依然端坐在第一排。

2000年,学校开展"三讲"学习活动,要求每一名共产党员写一份心得体会,院里的年轻教师大多是在电脑上粘粘贴贴然后打印出来就完事了。张今却用钢笔一字一句工工整整写了15页,还恭恭敬敬地亲自交到办公室。

2005年,党员先进性教育活动期间,要求每位党员提交一份党性分析材料。张今花了将近一周时间,一笔一画工工整整地撰写了20多页材料,全面、深刻、具体地剖析了自己在思想认识、理论研究、工作态度、待人处世等方面存在的问题和不足,还详实地列出下一步学习研究计划,亲自送到学院,让人看了肃然起敬。学院为此专门编发了一期党员先进性教育活动简报,把张今撰写的材料原封不动地转发出来,供全院党员同志学习借鉴。学校的活动简报也特别提到了张今的党性分析材料,并给予了很高的评价。

(二)备课充分

张今虽然学识渊博,备课却一点都不马虎,课前必须做好充分准备。1981年下半年,他教授泛读课,使用的课本是 *The Man Who Escaped* 和 *Oliver Twist*。他听说郑州大学图书馆有另一种版本的 *The Man Who Escaped*,每个章节后面都列有一些问题,对教学应该很有参考价值,就请当时在郑州大学读本科的盛书钢代为查找。同时,他也嘱咐盛书钢,注意有没有另一种版本的 *Oliver Twist*。后来,他教授高级英语时,经常请盛书钢帮忙查找参考资料。

(三) 废寝忘食

张今读书写书常常达到废寝忘食的地步。他工作时非常专心,饭菜常常是热了又凉,凉了又热。2011年4月23日,外语学院组织老干部去郑州绿博园参观,张今夫人马玉玲前往参加。早上出发之前,马玉玲把饺子煮熟放在桌子上,让张今中午用开水泡一下吃。下午回来,她发现饺子一点没动,就问张今吃饭没有,他竟然说吃过了。其实他根本没有吃饭,只是只顾着手头的科研任务而忘记了而已。

我刚刚留在外语学院工作时,就听一些老教师说,张今半夜睡醒突然来了灵感,想写东西,就赶快下床,裤子只穿上一条裤腿便开始工作。我跟他读博士研究生期间,见到过他汗衫只穿在脖子处、衣襟还没拉下来就在桌前奋笔疾书,估计也是来不及,怕思想火花熄灭了。

(四) 传授英语学习方法[①]

张今认为,学习英语要做到以下四点。

第一,养成一丝不苟的习惯。每碰到一个英语问题,都不轻易放过,不弄清楚,绝不罢休。这样,日久天长,就可以积累不少

---

① 本节和下一节参见张今:《怎样学习和研究英语》,《英语世界》1984年第4期。

知识。

第二，从工作中学习。实际上，也就是从大量阅读中学习。苏联著名语言学家谢尔巴说过，成年人学习外语的最好方法就是大量阅读。张今认为这是一句至理名言。

第三，读词典。张今到解放区去的时候，只带了两本英语书。一本是林语堂编著的《开明英文文法》，一本是商务印书馆出版的《综合英汉大辞典》。当时，解放区没有什么英语参考书。因此，这两本书，尤其是那本辞典，就成为他唯一可读的英语书了。读词典时，他不是死记硬背，而是采取了浏览研究的办法，主要阅读英语基本词汇条目，如基本动词、介词、代词、连词、常用副词、常用形容词等。每天坚持读几个条目，持之以恒，过一段时期，就觉得眼界开阔，理解力大大提高了。

第四，学研结合。例如，张今列出英语单词 visit 的各种含义和译法：1.to visit a foreign minister 拜会某外长；2.to visit a city 访问某城市；3.to visit a friend 拜访某友人；4.to visit a factory 参观某工厂；5.to visit a patient 探视病人；6.to visit a POW 探望战俘；7.to visit Byron's tomb 凭吊拜伦墓；8.to visit a theatre 观剧；9.to visit a bath 洗澡；10.to visit a friend on the telephone 在电话上和友人谈话。又如，他列出英语单词 appeal 的几种含义和译法：1.to appeal to the public 向公众呼吁；2.to appeal to a court 向法院上诉；3.to appeal to force 诉诸武力；4.to appeal to the readers 打动读者。后来，他又列出一个表，研究动词词义的变化：

每遇到一个动词，他就研究一下，在人对人、人对物、物对人

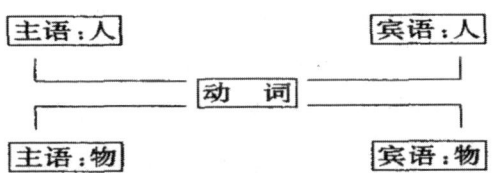

和物对物4种情况下,动词词义各有什么变化。例如,用英语单词 favour 可以写出下面4个例句:1.He favours his youngest son. 他偏爱幼子。2.He favours that proposal.他赞成那项建议。3.Fortune favours the brave. 勇士偏得佳运。4. The fog favoured the enemy's approach.大雾使敌人便于逼近。

在学习英语的过程中,他发现有些英语行为抽象名词具体化后,词义发生了变化。例如:

1. 行为→行为主体:cheat 欺骗→cheat 骗子

2. 行为→行为客体:plant 种→plant 植物

3. 行为→行为结果:building 建筑→building 建筑物

4. 行为→行为原因:destruction 毁灭→destruction 毁灭的原因

5. 行为→行为理由:objection 反对→objections 反对理由

张今自己用研究方法学习英语,也把这种方法无私地传授给自己的学生和其他英语学习者。

(五) 解答自学英语问题

20世纪80年代,能够考上大学的学生比较少,很多人都自学英语，但又找不到好方法。张今就写文章，介绍自学英语的方法。他认为，自学英语需要注意三个方面的问题。

第一个问题是要具备哪些修养才能学好英语？他认为，要想学好英语，至少应该具备三个方面的修养（特别是第二个方面和第三个方面）：第一，要有一定的音乐修养。英语是一种音乐性很强的语言，要想学好英语，就需要有强烈的节奏感和对于音高、音长、音强、音色的锐敏感觉。大凡自幼受到音乐熏陶的人，学起英语来就快一些，反之，就慢一些。教儿童学英语，最好也从英语歌曲和歌谣开始。可以说，在学习英语的初期阶段，一定的音乐修养是一个重要条件。第二，要有一定的逻辑思维能力。在学习外国语的过程中，总要把学习到的材料加以归纳、整理、分析、综合，找出其中的规律性，以便对这些材料理解得更深，掌握得更牢。因此，在学习英语的中级和高级阶段，严密的逻辑头脑是一项必不可少的条件。第三，要有一定的一般文化和文学修养。一个民族的语言总是记录着这个民族认识世界和改造世界的成果，即记录着一个民族的文化和文学成果。学英语学到比较高深的阶段，如果没有一定的一般文化和文学修养，就会遇到很大困难。

第二个问题是采用什么方法才能学好英语？概括说来，学习语言的方法有两种。一种是感性方法，也叫语感方法。另一种是理性方法，也叫分析方法或者研究方法。所谓语感方法，就是通过大量听、说、读、写、译的实践培养语感，掌握某种语言。本族人学习本族语都是使用这种方法。他们自幼生长在本族语的环境中，不必研究什么语法和词汇，就自然而然地掌握了这种语言。这也是学习外国语的基本方法之一。这一方法看起来笨拙，其实最为简便、最为可靠。许多语法规则、词汇规则和惯用法都可以用这种方法掌握。所谓分析方法，就是在学习某种语言时，对这种语言进行分析，包括语音分析、语法分析、词汇分析、修辞分析等。语言学家研究某种语言，都是使用这种方法。一般人学习外国语也都在一定程度上使用这种方法。中国人学习英语也不外乎使用这两种方法，但是有些人以语感方法为主，有些人以分析方法为主，有些人则两种方法并重。张今个人认为，两种方法并重最好，可以收到事半功倍的效果。

第三个问题是学习英语时，听、说、读、写、译齐头并进好还是各个击破好？张今认为，如果在学校学习，可以齐头并进；如果是自学，则不宜齐头并进。最好先通过语音关，然后集中精力闯过阅读关，以后再分别突破听、说、写、译等关。

张今特别提到英语写作。他认为，凡是没有学过英语写作的人，是决计学不好英语的。在用英语写作的过程中，会发现许多原来没有注意到的问题。因此，凡是有老师指导的人，都应该学一学英语写作。

张今把他学习英语的经验归纳为四句话。一是遇到问题，绝不放过；二是点滴累积，聚沙成山；三是大量阅读，培养语感；四是学习写作，深入钻研。

三、桃李芬芳

53年的教学生涯中,张今为国家培养了大批学生,他们在不同岗位上勤恳工作,成为祖国建设的有用人才。

张今的学生很多,有中学生,有大学生;有专科生,有本科生;有英语专业的学生,也有非英语专业的学生;有硕士研究生,有博士研究生;有正式学生,还有编外学生。

(一) 张克定

张克定是张今的第一位博士研究生,现为河南大学外语学院教授,外国语言学及应用语言学专业博士生导师,河南省优秀专家,河南省特聘教授,兼任中国逻辑学会语用学专业委员会副会长、中国英汉语比较研究会认知语言学专业委员会常务理事、中国英汉语比较研究会功能语言学专业委员会常务理事。

1985年5月,张今应邀到河南大学给硕士研究生讲授文学翻译理论,张克定当时正在读硕士,和其他6位同学一起聆听了张今两个月的授课,成为张今在河南大学的第一批学生。1992年,张今开始和中山大学联合招收博士研究生,张克定和蔡新乐成为张先生的第一届博士研究生。

在3年读博期间,张克定充分感受到张今的大师风范和慈善可亲的长者风度。在学业上,张先生虽要求极严,但从未批评过他。张今总是和颜悦色地告诉他应该怎么做,怎么读书,怎么撰写论文,怎么从事学术研究。张克定从张今那里继承的最珍贵的财富是做人和科研方法。从老师那里，他学会了如何做一个有益于社会的人、如何做一个品格高尚的人、如何做一个有担当的人、如何做一个有奉献精神的人。从老师那里，他学会了做学问的方法，就是要有创新精神、锐意开拓精神、独立思考精神和不受已有理论观点束缚的意识和能力。

在张克定的心中，张今是善良无私的人。他常说："老师对我们有些时候比对他的儿女还要好。在我的记忆中，老师若发现我们某一方面不足，他不仅亲自帮助我们，而且还请其他老师来帮我们，生怕我们成长得不够完美。"张克定清楚地记得，1995年5月25日他博士学位论文答辩时，张今冒着酷暑赶往广州中山大学外国语学院，给他助威，给他打气。老师的在场，使他有了定力，顺利通过了答辩，获得了学位。

1995年5月25日张克定博士学位论文答辩现场，从左至右为桂诗春先生、王宗炎先生和张今先生

张克定作为张今的博士生"开山大弟子"，深切地领悟到张今"望徒成才"的心愿。

张克定的科研之路有很多尝试。20世纪80年代中期，他运用生成语言学理论研究英语结构歧义问题，提出了排除歧义的若干方法。20世纪80年代后期，他转向系统功能语言学研究，他的博士学位论文就是在功能语言学理论指导下对比研究英汉语聚焦手段。1998年，张克定和张今合作出版的《英汉语信息结构对比研究》也是在韩氏功能语言学理论框架内进行的。20世纪90年代，张克定从语用角度研究句法，提出了语用句法学的构想。2004年起，张克定开始从事认知语言学研究，2006年获批教育部人文社会科学研究项目"英汉语存现构式认知对比研究"，2010年获批国家社科基金项目"空间关系构式的认知研究"，2016年获批国家社科基金项目"隐喻性空间关系构式的认知研究"。

张克定认为，一个人学术发展的各个阶段是相互联系的，而不是截然不同的。无论是生成语法研究，还是语用学研究，还是系统功能语言学研究，还是认知语言学研究，都与他个人对句式结构的研究兴趣有联系，且与张今对他进行的对比研究训练更是分不开的。他的所有研究都充分体现了张今的对比语言学思想。

张克定对张今老师的描述是：

学贯中西　上下求索惟问真善美

道德文章　传布四海只求科学荣

（二）张军

张军是张今在河南大学指导毕业获得硕士学位的研究生。现为新西兰奥克兰大学教育学部副部长，应用语言学教授，博士研究生导师；中国英语写作教学与研究专业委员会副会长，中国学术英语教学研究会常务理事；美国应用语言学学会会员，TESOL 协会会员；新西兰应用语言学学会常务理事、秘书长；欧洲学术写作教学研究会会员；SSCI 索引期刊 *TESOL Quarterly* 常任栏目主编，知名 SSCI 国际期刊 *System*：*An International Journal of Educational Technology and Applied Linguistics* 联合主编，*Frontiers in Psychology* 副主编，包括 *Applied Linguistics*、*Language Learning*、*Modern Language Journal* 及 *Language Teaching* 在内的 26 家 SSCI 期刊论文特邀评阅人，SSCI 期刊 *Journal of Second Language Writing*、*Applied Linguistics Review*、*RELC Journal*、*Metacognition and Learning* 等 16 家国际期刊的编委，Routledge、Springer、Palgrave Macmillan、英国爱丁堡大学出版社、香港大学出版社、Multilingual-Matters 等 7 家知名国际出版社书稿审阅人。

张军曾任新加坡应用语言学学会常务理事、秘书长（2005—2012 年），TESOL 国际学会遴选提名委员会委员（TESOL's Nomination Committee），*TESOL Quarterly* 学刊主编遴选委员会主席（TESOL President-appointed Chair，*TESOL Quarterly* 国际期刊 Editor Search Committee 2015—2017 年），美国应用语言学学会

"优秀论文奖评选委员会"副会长（2015—2018年），美国TESOL国际学会2011年度"最佳科研论文奖"唯一得主，2016年当选TESOL全球领军学者之一（TESOL's 50@50），奥克兰大学优秀博士生导师（Excellence in Teaching Award: Research Supervision 2014），吉林省吉林大学"长白山"讲座教授，山西省"百人计划"文科专家、太原理工大学荣誉教授，湖北省"楚天学者"、华中科技大学客座教授、东南大学、哈尔滨工业大学、电子科技大学客座教授。

张军1986年本科毕业于上海外国语大学，获文学学士学位；次年，考取西北师范大学外语系英语语言文学三年制硕士研究生，师从俞杰教授和张智学副教授，在西北师范大学完成学位论文开题和毕业答辩。因为当时的硕士研究生是典型的双证制，张军获得毕业证之后，和张今联系指导其论文，并到河南大学参加学位论文答辩。他的论文题目是：*Toward a Particulate Viewpoint on Gricean Pragmatics and Discourse Analysis*。答辩委员会主席是吴雪莉（Shirley Wood）教授，答辩委员是徐有志教授和王宝童教授。在张军选题和起草学位论文期间，张今悉心过目，为其答疑解惑，最终张军顺利通过答辩并获得英语语言文学硕士学位。毕业后他任职于甘肃联合大学；1995年获新加坡政府研究生全额奖学金赴南洋理工大学全日制学习一年，获得英语教学研究生文凭特优毕业生（PGDELT/Distinction），次年又获南洋理工大学全额博士奖学金，成为该校首位英语应用语言学方向的博士生，毕业后留校并荣升副教授获得终身教职。2012年请辞后赴任奥克兰大学教授及教育学部副部长。

张军主要研究兴趣包括元认知、英语二语读写发展、学术英语写作等,发表论文、书评、章节100余篇,其中在SSCI期刊独著及合著71篇。他早年重点研究外语学习者的元认知意识,旨在通过用认知科学的方法发现成功外语学习者的元认知体系的特点及构成,以促进外语学习的成效。依据斯坦福大学知名心理学家佛拉韦尔(Flavell)的认知心理学理论,他认为,外语学习者的元认知系统也应该由三大块组成,即学习者主体、元认知策略和任务知识。这一过程则是一个互动互容的体系,并且和学习者元认知体验休戚相关。其代表性著作2000年见刊于知名SSCI期刊《语言意识》(*Language Awareness*)。10年后,他提出了"元认知动态系统论"并在业内顶级SSCI期刊*TESOL Quarterly* 44(2)发表。该理论将元认知理论放置于一个有机的动态机制中,认为学习者就是一个自成一体的动态复杂系统,在学习过程中仍然凸显其主体作用,但也会因为外在因素随时发生变化。该研究因其理论创新在2011年被世界英语教师协会授予"英语教学杰出科研奖";其理论后来于2013年发表在《当代外语研究》的一文中做了充分的阐述,强调外语教与学之间密不可分的动态辩证关系。为了验证元认知在外语学习中的重要性,早在2008年他就在知名SSCI国际期刊《教学科学》(*Instructional Science*)通过实证研究探讨了元认知策略教学对提高中国外语学生阅读能力的影响。因为读写技能之间的交融关系,近年来,他也致力于学术英语研究,尤其是在学术英语背景下的外语学习者习得书面语时所面临的种种挑战,包括学术语篇的元话语特征以及英汉语对比修辞特征。代表作品发表于知名国际期刊 *Journal of Second Language Writing*、*Journal of English for Academic Purposes*、*Discourse Processes*、*Metacognition and Learning*、*Modern Language Journal*、*Studies in Second Language Acquisition* 以及《外国语》《外语教学》《外语与外语教学》《现代外语》《中国外语》《外语教学理论与实践》及《复旦外国语言文学论丛》等。其中 2010 年发表在 SSCI 国际期刊 *Journal of Second Language Writing* 的论文"Effects of task complexity on the fluency and lexical complexity in EFL students' argumentative writing"在这一研究方向起到了引领作用;该研究将传统的以口头语料为素材的二语习得研究向前推进了一步,以便研究中国外语学习者书面语习得发展过程中因个体差异而造成的语言的准确度、流利度、复杂度的发展规律,近 10 年来的科研成果见诸于 *Applied Linguistics*、*Applied Linguistics Review*、*Studies in Second Language Acquisition*、*TESOL Quarterly*、*Modern Language Journal*、*Reading and Writing*、*Reading and Writing Quarterly*、*Frontiers in Psychology*、*British Journal of Educational Psychology*、*Discourse Processes* 等国际知名刊物。

(三) 牛保义

牛保义是河南大学外语学院 1987 级硕士研究生,1988 年师从张今,向张今学习英汉对比研究,他的《英汉语句型对比》一书是张今审订的。牛保义现为河南大学外语学院教授、英语语言文学专业博士生导师,享受国务院特殊津贴专家,河南省优秀专家,河南省教学名师,河南省学术技术带头人,河南省特聘教授。

回忆读研期间张今讲课时的情景,牛保义说:"有时候,先生会突然捧腹大笑,我当时不能理解,现在才体会到:每当先生讲到自己觉得特别满意的时候,都会表现得特别高兴。先生对待学术的这种态度让我叹服。"

牛保义每次向张今请教问题,张今都会耐心指导讲解。有一次,牛保义写一篇文章,就其中的问题向张今请教,张今居然把自己没有发表的初稿给他看,"我写的这个和你的课题比较接近,你可以拿回去看看"。时至今日,牛保义对张今的言行仍然印象深刻。

(四)杨朝军

杨朝军是河南大学外语学院1993级硕士研究生,不是张今的学生,但张今编著的书,他总是一本不落地读完,还得到过张今的当面指导。杨朝军现为河南大学外语学院院长、教授、博士生导师,河南省教学名师,河南省特聘教授,河南省优秀教育管理人才,河南省中小学幼儿园教师教育专家,河南省优秀教师,河南省教育厅学术技术带头人;兼任中国生态翻译与认知翻译研究会副会长,河南省翻译协会副会长,《外文研究》编辑部主任、主编。

杨朝军曾经在豫北的一个小县里教书,20来岁时非常喜欢看语言学方面的书籍,70元左右的工资除了吃饭都花在了购书上,市面上有关语言方面的书他都会想方设法买到,然后细细地研读一番,索绪尔(Saussure)、乔姆斯基(Chomsky)、夸克(Quirk)、章振邦、张道真等人的名字都是在那个时代耳熟能详的。1990年左右,一位朋友给他捎去张今的《英语句型的动态研究》,他一口气读完后,第一次认识到语言研究还可以有这么广阔的天地。他在书的空白处恭恭敬敬地写了一句评语:此为继乔姆斯基以来的第二次语言革命!自此张今先生的名字深深地镌刻在他的心头,促使他做出人生的第一次重大决定——报考河南大学外语学院的研究生。

1995年暑假,杨朝军到北京图书馆查资料,突然在检索柜台看到张今。张今正在检索卡片,那时候天气很热,又没有空调,年近七旬的张今已经汗流浃背,但他仍然没有停下休息。杨朝军走过去,向张今问好。张今耐心地帮他解疑释惑,仔细地向他介绍检索文献的方法和技巧,最后嘱咐他要珍惜来之不易的学习机会和条件,要耐得住寂寞,经得起诱惑,只有置身事外胸怀天下的学术精神才能够一窥知识的全貌,实现人生的理想,做出一番成就。

在北京图书馆查资料的那几天,杨朝军总能在检索处看到张今,有时没有小凳子坐,张今就站着趴在书柜上,一张一张地检索卡片。

留校工作后,杨朝军在外语学院创办的《中学英语园地》兼仟编辑,编辑们对来稿中的一个语法问题各执己见。他在外语学院门口遇到张今,就向张今请教,张今耐心地为他讲解,让他知其然又知其所以然。

杨朝军多次表示:"张先生的书很有深意,什么时候看都不过时,每看一遍都会有不同的体会,里面有很多潜在的东西值得去挖掘,他在学问上是个当之无愧的大师。"

2002年,杨朝军成为张克定的第一位博士研究生,和张今又多了一层关系,和张今接触的机会多了,受教育的机会更多了。

(五)李良杰

李良杰是河南大学外语学院外国语言学及应用语言学专业2007级硕士研究生,现为河南财政金融学院外事处教师。

李良杰是笔者指导的硕士,其硕士学位论文的研究方向是张今的翻译思想。论文写作期间,他曾拜访过张今。去之前,我叮嘱他,张今先生身体不太好,听力有些下降,不要打扰太久,一小时为宜。第一次去见张今,李良杰心中甚是忐忑,一是从未如此近距离接触过大家,二是担心自己心中的问题是否能入先生"法眼"。见到张今之后,心中的忐忑不安便烟消云散了。他眼前的张今,虽然满头白发,却精神矍铄,一上来便嘘寒问暖,声音洪亮清晰,一点不像上了年纪的老人,倒像邻家的爷爷,和蔼可亲,平易近人,他也马上变得不那么紧张了。他说出论文中遇到的问题后,张今一一作了解释,怕他不明白,不时还写在纸上。

知道他写论文需要其生平经历,张今便给他讲了很多求学、工作、生活中的趣事,而这些在图书馆和网上都查不到。张今怕他搞错,便把自己保存的一本同学会通讯录借给他,上面有先生的详细生平事件。临走时,张今说了很多鼓励和祝福的话。李良杰备受鼓舞,很快完成了毕业论文,顺利通过论文答辩。

(六) 高泽民

高泽民是张今的"编外学生"。他在 1978 年前后认识张今,当时在安阳飞鹰自行车供应公司海外部工作。由于公司使用一些英美国家的技术及引进他们的设备,经常有英美国家的专家到公司指导工作,调试设备,高泽民由此做起了翻译,不得不自学英语。

在自学英语的过程中,高泽民遇到很多问题,迫切需要一位老师指导。后来《安阳日报社》的一位记者向他介绍了张今,从此他和张今结下了师生缘。

高泽民提供了张今 1988 年至 1992 年间给他写的四封信。

张今在 1988 年 7 月 5 日的信中写到,他给高泽民和付椿相(张今另外一名学生)各邮寄了一本《文学翻译原理》。接着写到,他到开封后,心劲又提上来了,因为新到一地总是渴望做出点成绩。当时他正在赶写《英语句型动态研究》,估计暑假可以完工。因为干得猛了,他的身体感觉不太舒服,心肌供血不足,走路气喘,上一层楼都会喘。到了冬天,情况更严重了。头也微微发痛,大概是脑动脉硬化的缘故,正在吃药调养,准备以后干活"悠着点"。张今还邀请高泽民到开封玩,提供了详细家庭住址。最后,张今还写到,河南大学外语系有出国人员英语培训中心,实际上是英语口语加强班。他建议高泽民寻找机会向单位领导申请到河大学习。

1989年12月14日,张今给高泽民写信,祝贺他调至公司出口办工作,英雄有了用武之地。接下来的内容是帮助刘家建(张今另外一名学生)找医学学习班,他准备给河南医科大学的朋友石欲达写信打听情况。

1990年1月6日,张今给高泽民和刘家建写信,把河南医科大学石欲达的回信转寄给他们。他还提到自己有两个毛病老改不掉。一是运动太少,二是吸烟太多。

张今1992年6月19日写给高泽民的信主要谈论的是学习。首先是为高泽民打听强化口语班一事。他打听的结果是,河南大学没有强化口语班,只有一个托福班,其中虽然也教口语,但不是以口语为主。另外有一个外籍教师教的口语班,一星期只有两个晚上上课,对高泽民不合适。他又托人在洛阳打听,洛阳大学也只有一个托福班。郑州的情况他不清楚。他准备继续替高泽民打听消息,一旦有了消息就告诉他。其次,张今希望高泽民通过自学提高听力和会话能力。这虽然很困难,但还是办得到的。办法是先通过听录音提高听力,可以听《听力入门》的四册英语或者扶忠汉的四册英语录音。然后进一步练习会话能力,即复述课文内容。张今强调,一定要over-learning。不管材料多简单,一定要说得烂熟,可以脱口而出。会话主要靠听懂对方说什么,只要听懂对方意思,就可以用简单的英语句子表达自己的意思。overlearning就是把材料学会以后又反反复复重新学习,不是只背会就算了。只有学得烂熟,才能脱口而出,才能灵活运用。烂熟地掌握少量材料,比半生半熟地掌握大量材料要好得多。当然,这并不是说只要烂熟地掌握少量材料就行了,而是说材料要一部分一部分地掌握。他强调,只要按照他说的原则去练习听、练习说,持之以恒,下死功夫,就有成效。

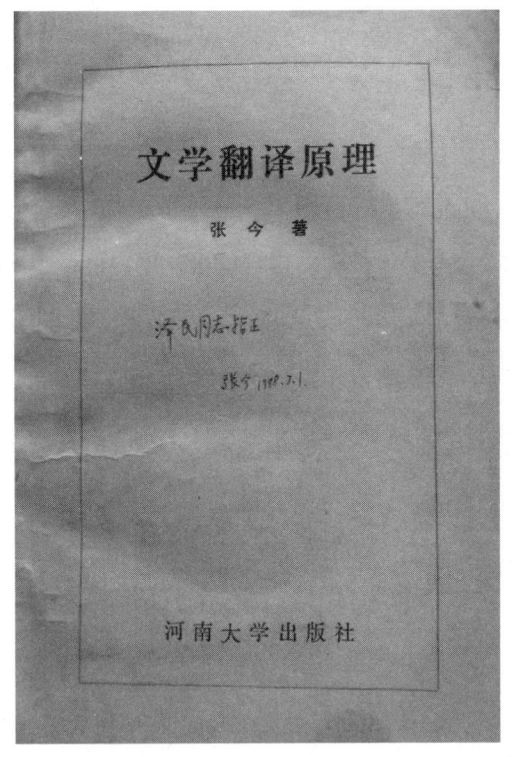

从这 4 封信可以看出,张今对后学的关心和爱护。他在安阳时,可以当面指导高泽民学习英语。调到开封之后,只能通过书信指导。除了自己指导,还想方设法为高泽民找合适的培训班,关心他的生活和工作。第四封信更是不厌其烦地强调 overlearning 的重要性。更难能可贵的是,张今非常谦虚。他一直称高泽民为同志,代词使用您,其实这也是他一贯的做法。用高泽民的话说,"人生有如此编外老师,是一大幸事"。

(七) 盛书钢

张今先生指导盛书钢译作

盛书钢是张今在安阳市第十九中的学生,目前在安阳市教育局工作,是安阳市教研室英语教研员、安阳市小学英语专家。

盛书钢1978年考入郑州大学外国语学院学习英语,一直和张今保持书信往来,他们亦师亦友。张今经常请盛书钢在郑州大学图书馆和资料室查找资料,同时也指导他如何学习英语。

张今在信中告诉盛书钢,"最要紧的任务是把英语学好,打下坚实的基础,将来不论搞研究搞翻译都好办。要多看一些课外阅读材料和课外语法书籍,光靠老师讲,只能学到十分有限的知识,主要靠自学。要订出一个学习计划,定出长远的和近期的目标。每隔一段时间检查总结一次,以改进学习方法和计划,如此方可有较快进步。"

张今还说,"学习语音语调应采取集中精力打歼灭战的方针。一部材料彻底掌握后,再学第二部材料。即使在一部材料内部,也需要彻底掌握一课后再学第二课。不光能听懂,还要模仿好。切忌好高骛远。"

1981年9月5日,张今给盛书钢写信说,"英语写作需要有人指导修改,无法自学。现在既有此条件,就应努力于此。毕业后,就没有这个条件了。学习翻译则在毕业以后仍可自己进行。"

盛书钢课余时间,喜欢阅读翻译国外的一些资料,也会请张今修改。下图是张今修改的译作。

第二章 教书育人

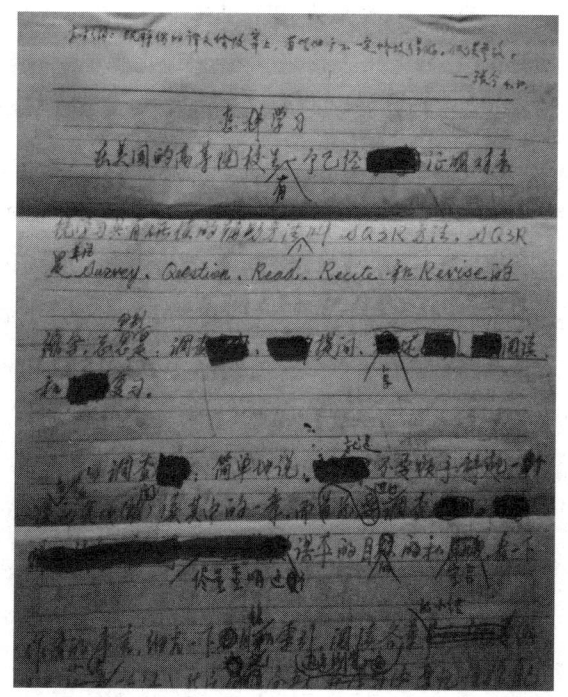

张今修改的译作手稿

(八) 王光照

王光照是张今在安阳教育学院的学生，目前在深圳实验学校高中部工作。

王光照1982至1985年在安阳教育学院求学，遇到多位非常优秀的老师，其中最德高望重者非张今莫属。由于那时他是英语班班长，对翻译课又情有独钟，日常和张今打交道的机会自然多些。他认为，张今是"教书育人"理念的推崇者和践行者，

117

除了注重专业知识的传授点拨,更注重教学的"育人"功能。不为师不知教化恩,王光照从教之后,深深地理解了为师者的不易。王光照至今还保留着张今在他翻译课作业上细致入微的批改和随想批注。

当年中国女排五连冠时,打排球是学生们业余生活中必不可少的项目。有一次校内排球比赛,张今利用上下半场休息之际,诚恳地询问主裁判排球比赛规则和术语的含义,并做了记录。王光照问张今为什么这么关心排球术语,张今说翻译讲究准确性和适切性,否则没有背景知识的人就读不懂译文。张今具有强烈的事业心和高度的责任感,凡事都能一丝不苟。他常对学生讲的一句话就是:"记住,留心就是知识。"

有一次,王光照去交作业,遇到几位老师在张今办公室门外辩论一些学术问题,几位老师争得面红耳赤,张今一直微笑着倾听他们的争论,待大家停下来后他才和颜悦色地说出自己的看法。这也许就是张今倡导的"君子和而不同"吧。张今总是以一颗宽容随和的心对待所有的人和事。

学习翻译课没多久,河南省举行英语专业大学生翻译比赛,张今建议王光照报名参赛,王光照说:"我们是专科生,省里不少大学参赛的选手都是本科生,去了就是跑跑龙套。"听完王光照的话,一向和蔼的张今很严肃地说:"要去试试,失败了也不丢脸。"他说得很慢,但吐字清楚。王光照鼓足勇气,报名参赛,没想到竟然获得了三等奖。

毕业后不久,安阳市举办首届外语翻译大赛,王光照获得了唯一的特等奖,并代表获奖选手发表获奖感言,这都是张今指导的后发效应。

王光照偶尔从其他老师那里听到了"文革"时张今被打成"右派"和遭受的种种不公,他作为学生都愤愤不平,但张今总是乐呵呵地说,是苦难教他学会了"自嘲"。若整天只想那些不公,生活连一天都没法过的。张今总是心无旁骛地研究学术,认真负责地对待学生的每一步成长。教学中张今会时常提醒学生,不要盲目崇拜名人,要学会思考,要"不唯书、不唯上、不唯师",要有独立见解。

王光照有时课外遇到张今,会向他吐槽自己学习中的困惑,比如不同人对莎士比亚同一作品的不同解读。张今并不因为他的问题是小众问题而忽视他,而是找出莎士比亚著作的一个片段,用比较法讲解朱生豪的韵律节奏、卞之琳的诗情画意和梁实秋的实践理性,还指出某位译者可能忽视了莎翁著作的创作时代而对诗文理解产生局限性问题等。张今曾多次提到做学问要甘于寂寞,肯下苦功,"板凳要坐十年冷,文章不写一句空"。提高翻译水平的"笨"办法就是找出一个名篇,反复英汉互译,仔细揣摩。这些金玉良言,王光照牢记在心,时时提醒自己。

最让王光照感动的是张今的家乡情节。1985年年初,新学期开始不久,王光照问过问题后,张今突然反问他一个问题:如果你遇到两难问题,会如何处理?原来,张今当时面临着两个大学聘请他担任博士生导师的邀请——河南大学和西安交通大学。去后者,顺风顺水,前途一片光明;而前者却是艰苦未知的创业之路。面对选择,河南亟需发展的乡土意识占据上风,张今毅然辞掉了西安交通大学的盛情邀请,决然要为河南高等教育的振兴和发展贡献出自己所有的光和热。王光照是这件事的见证人,正是他受张今委托把谢绝西安交通大学邀请的信函送到安阳市邮电局寄出的。

张今是王光照求学期间对他的人生态度和专业求索影响最大的恩师。在三年多十分幸运的近距离接触中,除了个人学业的急剧提升外,张今的待人接物、宽容好学、慈祥和蔼和乐观低调,都对他影响很大,令他没齿难忘,受益终身。王光照说:"我不是您最出色的学生,而您却是我最崇敬的老师。我虔诚得不敢寻觅词汇,因为老师这两个字本身就是世界上最崇高的敬词。"

(九)骈俊祥

骈俊祥是张今在安阳教育学院的学生,原为安阳职业技术学院教师,目前在深圳工作。

骈俊祥至今仍然清楚地记得张今说过的一句话——语言是具有分析性的。张今这句话让他受益匪浅。他不仅学会了英语,还获得了深层次分析英语的能力。

骈俊祥认为,张今是一位卓越的智者,对学术精益求精,在学生面前虚怀若谷,和蔼可亲。他精通哲学、数学、音律、易经,却丝毫没有大学者的架子。

在骈俊祥的眼里,从中原到岭南,像张今这样学识渊博、语法理论和翻译理论自成体系、翻译著作甚丰的学者十分罕见!就其学术论著与译著而言,张今绝对称得上是中国语言学界的一位泰斗级人物。

骈俊祥为今生能遇到这样的老师与长者感到骄傲与荣幸。他赞叹张今的学识与做人,希望张今的治学之风与独到见解永远激励后人不断进步。他祝愿张今在天堂安息!先生之风,山高水长!

(十)郝向杰

郝向杰是张今在安阳教育学院的学生,目前在中国人民银行北京总行工作。提起张今,郝向杰的脑海中会立即浮现出一位知识渊博、治学严谨、不断进取的翻译大师形象。

有两件事让郝向杰记忆深刻。一是张今作为他们翻译课的启蒙老师,通过系列课程和翻译实践,让他们深深领会到"信达雅"这一最高翻译境界,知道译文不仅要准确,不偏离,不遗漏,同时也要不拘泥于原文形式,通顺明白,更要词语得体,简明优雅。记得张今让他们翻译 No war no peace。在他们"没有战争就没有和平"等五花八门的翻译后,张今以"不战不和"结束了他们的争吵,使他们深深明白,好的译文背后既需要广博的知识,也需要精益求精的态度。第二件事是她在广州外国语大学进修期间,张今曾让她帮助找一本安阳买不到的书,她从图书馆找到后整本书复印,给张今寄回去。她说:"张老师作为泰斗级的翻译大家,仍在孜孜不倦地学习,为我们树立了榜样的力量。

怀念张老师,愿张老师安息。"

(十一)姜玲

笔者是张今在河南大学招收的唯一一位博士研究生,也是他招收的最后一位博士研究生,现为河南大学外语学院副院长,教授,硕士生导师,河南省优秀教师,河南省教育厅学术技术带头人,河南省高校骨干教师资助对象。

1998年,河南大学外语学院获批英语语言文学二级学科博士授权点,1999年开始招生,但名额有限。考虑到自己已经和中山大学联合招收了三名博士研究生,张今主动放弃招生,另外三位博士生导师(吴雪莉、刘炳善和徐盛桓)正好每人招收一名学生。

2000年,笔者报考了张今的博士研究生,研究方向是英汉语言对比与翻译。因为师资不足,我在报考博士研究生之前,学院要求签订协议书,一年级必须坚持给学生授课。这样一来,我每周授课10个学时,听课12个学时,只有周一和周四下午没有课。白天用来看书的完整时间特别少,只能向晚上借时间。

由于付出的时间不够,笔者不能按时读完张今布置的阅读材料。张今心里很着急,但嘴上从来没有批评过我。张今先生还给我布置翻译作业,每周翻译一篇文章,材料自选。张今每次收到作业都会认真批改。他总是先看译文,如果译文不通顺或者不合逻辑,他才会对照原文,看看是原文理解得不对,还是译文表达得不合适。我博士毕业后开始讲授英汉翻译课程,批改作业也使用这种方法。

2001年下半年,笔者开始博士论文选题,我想对比研究英汉语存在句,查阅了不少资料,还委托大学同学在国外复印资料带回国。我向张今汇报时,他表示同意,我就开始撰写开题报告。但是有一天,张克定老师告诉我:张今先生觉得,研究句子生存机制可能更有价值。经过讨论,我的博士论文选题改成英汉语隐喻句对比研究。张今指导学生,总是尊重学生的兴趣,从来不把个人观点强加给学生。

在我的论文写作过程中,已是70多岁高龄的张今先生,仍然认真、仔细、耐心、及时地指导我的论文写作,不仅帮助我顺利地完成了毕业论文,而且一直鼓励我进行学术研究。

2002年9月,河南大学建校90周年,校庆期间要召开亚太大学联合会第九次论坛。来自日本、韩国、泰国、菲律宾、印尼、越南、美国等十几个亚太地区国家的近80名大学校长和嘉宾参会,需要会议口译员。学校领导和学院领导指派笔者参加,我正在撰写毕业论文,婉言谢绝了。张今先生知道此事后和我说:"学校有困难要帮忙解决,实在不行就晚一年毕业。"于是,我就带着两位年轻老师和五位研究生提前一个月开始熟悉会议主题内容(Global education),顺利完成90周年校庆庆典和为期一周的亚太校长论坛口译工作,受到与会代表的好评。会议结束之后,口译团队又转入笔译工作,翻译与会代表的发言稿并集结成册。

2003年6月,笔者毕业论文答辩。为了给我鼓励和助威,张今先生亲临答辩现场。答辩持续了三个半小时，当时已经76岁高龄的张今先生坚持了三个半小时。

张今（前排右一）参加笔者博士毕业论文答辩

2004年，笔者申请并获批国家留学基金委与河南省教育厅联合公派出国的地方合作计划。笔者准备到美国访学，张今先生知道后，欣然为我撰写推荐信，使我顺利获取哈佛大学的邀请函，于2005年8月赴哈佛大学访学。

2005年，张今先生修订《英语句型的动态研究》一书，笔者帮助他校对和进行文字输入，也撰写一小部分内容，张今先生坚持署上我的名字。

2008年，笔者的博士论文修改成书时，张今先生已经81岁高龄，还亲自作序，全文如下：

从事语言学研究以来,我先后出版了几部著作,其中包括《英汉比较语法纲要》《英语句型的动态研究》《思想模块假说》《英汉语信息结构对比研究》等。但每部书出版之后,我都会有新的发现,想把它重新写过,却没有足够的时间和精力。1997年,我在指导杨莉藜的博士论文时,又一次萌发了修改《英语句型的动态研究》一书的念头。因为杨莉藜的论文使我认识到,句子的生成机制除了捏合机制、代换机制和转换机制外,还应该包括隐喻机制。2000年,我招收了最后一名博士研究生,就是现在的姜玲博士。巧合的是,她对隐喻也很感兴趣。不仅如此,她还对英语语法的研究很感兴趣,曾经仔细钻研过夸克等四位学者编著的《当代英语语法》和《英语语法大全》,发表过数篇与英语语法有关的论文,而且正在编写专著。一年之后,她进行博士论文选题时,有两个课题。一个是"英汉隐喻句对比研究",一个是"英汉存在句对比研究"。这两个选题都很好,都很有新意。相比之下,第二个要容易写一些,因为她在广泛查阅了前人研究成果之后发现,没有人系统地运用功能语言学的三大元功能对英汉存在句进行过对比研究。这样,整个论文的可操作性很强,结构布局也比较容易把握。而我主张她选择第一个,尽管它要难得多。难处有三。第一,隐喻句好象从来没有人研究过,甚至没有人把它作为一个专门术语使用过。第二,隐喻句既涉及修辞,也涉及语法,要求作者必须有比较广博的知识面。第三,从对比的角度分析，要求作者必须有比较扎实的英汉语功底。让我感到十分欣慰的是，姜玲不仅没有退却，而且知难而进，果断地接受了我的建议，勇敢地选择了第一个课题。

2003年春节前夕，我读完了姜玲的论文初稿后，十分感动。一年多的时间，要做完一篇博士论文实在不容易，要做出一篇高质量的博士论文更不容易，而姜玲做到了。她在完成学院布置的一些额外工作之后，在兼顾好家庭孩子之后做到了。

从论文中可以看出，姜玲阅读了大量的中外书籍，对国内外有关隐喻和句法研究的主要文献都有较好的理解和运用。人们常常认为，一篇论文中最好只使用一种理论，忌讳使用两种或多种理论，而姜玲却能把三种理论（原型模型论、语法隐喻理论和认知隐喻理论）有机地结合起来，表明她有很强的驾驭能力和科研能力。

博士论文贵在创新，姜玲的博士论文有以下创新。第一，在前人研究的基础上，探讨隐喻在句子形成中的作用，进而提出隐喻是句子形成的一种机制，从而把隐喻和句法结合起来，拓展了句法和隐喻的研究。第二，从客观现实中的各种实体及其相互关系和活动形式出发，探讨及物性系统，并将它改造成8个过程，创造性地发展了韩礼德系统功能语言学的重要组成部分——及物性系统。第三，系统、深入地比较了英汉隐喻句的生成机制和表现形式，并将研究成果及时运用到翻译实践中。第一点创新同时也证实了我的设想,使我们有机会合作重新修订《英语句型的动态研究》一书(清华大学出版社2005年出版)。

由于上述原因,当姜玲告诉我,她的博士论文要修改成书出版并请我作序时,我欣然答应了。我相信,她对该课题的研究肯定会对国内该领域的研究具有一定的推动作用,对英汉语言教学和英汉互译有一定的指导意义。同时,我也希望,姜玲以此研究为起点,继续关注本课题的研究,做出更大更有意义的成绩。

张今先生的谆谆教诲和殷殷关心跃然纸上。

2013年,笔者第二次申请出国访学,程序和2004年不同,必须先获得国外高校的邀请函。张今先生再一次为我写推荐信,帮助我第二次拿到哈佛大学的邀请函。

令我没有想到的是,先生这次为我写完推荐信之后就病倒了,再也没能康复。

2014年9月,笔者第二次赴哈佛大学访学。9月20日,是张今先生去世一周年纪念日。我在日记中写下简短祭文:"恩师啊,去年在您弥留之际还不放心学生,到家中看我,今年周年之日,为什么没有来看我呢?是不是因为我走得太远,没有提前告诉您。恩师啊,蓝蓝的天空上哪一片白云是您?茫茫的大海里哪一滴海水是您?绵绵的沙漠中哪一粒黄沙是您?郁郁的森林中哪一片绿叶是您?我要如何才能找到您,把我远行千里的消息告诉您?"

笔者从1986年认识张今先生,2000年成为他的博士研究生，到后来和他一起学习、研究，再到后来和他一起散步、聊天，张先生在我的心目中从大师转变成老师，从老师转变成师友，从师友转变成家长，我几乎成了他们家的一个成员。每次，我从他们家走时，他都会站在窗户里面看着我离开。

20多年的相处，先生给我留下了很多宝贵财富。我会永远铭记他那种勤勤恳恳、忘我工作的奉献精神；他那种艰苦朴素、勤俭节约的优良作风；他那种为人正派、忠厚老实的高尚品格。张今先生用自己的言行教会我如何教书，如何育人，如何待人，如何做人。他不仅是我的学业导师，更是我的人生导师。

四、学习张今事迹

张今有理想信念、有道德情操、有扎实知识、有仁爱之心，是一位"四有"好老师。他能够坚持教书和育人相统一，坚持言传和身教相统一，坚持潜心问道和关注社会相统一，坚持学术自由和学术规范相统一。

鉴于张今的优秀品质和优良作风，学校和学院举办的很多活动中都把他当作学习模范，继续发挥教书育人的良好作用。

（一）向张今同志学习

2013年10月，为了弘扬张今同志淡泊名利、无私奉献的高尚品德，虚怀若谷、诚实正直的优良作风，爱岗敬业、恪尽职守的工作态度，甘于寂寞、殚精竭虑的奉献精神和突破传统、敢为人先的创新精神，中共河南大学外语学院委员会决定，在全院师生中大力开展向张今同志学习活动。

向张今同志学习活动的指导思想是以学习张今同志先进事迹为契机，以"爱岗敬业、弘扬高尚师德"为主题，在全院范围内集中开展学习先进、争当先进的教育活动，用先进典型事迹学习宣传推动师德师风建设和学风建设，用社会主义核心价值体系引领思想文化建设，进一步巩固和发展学习型党组织建设和创先争优活动成果，激发全院师生工作和学习的积极性、主动性和创造性，为提升外语学院实力，推动高水平大学建设凝聚正能量做出新贡献。

向张今同志学习活动的主要内容有四个方面。

第一，开展师德师风教育活动。以"学大师、树师风、铸师魂"为活动主题，各支部组织全体教师学习张今同志生平事迹，学习大师静心教学、潜心育人，以自己的人格魅力和学识魅力教育感染学生的高尚师德师风，学习大师求真务实、科学严谨的治学态度，不落窠臼、锐意创新的治学精神。广大党员、教师要对照大师找差距，进行深入剖析，将学习活动作为自我总结、自我提升的过程，切实转变工作作风，提高工作水平，每名党员教师要撰写学习体会，保证学习效果。

第二，开展学风建设活动。全院各年级组织全体学生学习张今同志生平事迹，学习大师珍爱生活、自强不息，为克服困难坚韧不屈、乐观向上的精神。各年级学生要以大师为榜样，树立正直的学风与远大的理想，将学习教育活动作为自我总结、自我提升的过程，切实转变学习态度，提高学习能力，学生党员和入党积极分子要带头学习宣传张今同志先进事迹，带头撰写学习心得体会。

第三，开展专题座谈讨论。以"以学生为本，为学生做实事"为专题，引导广大教师深入学生、关心学生、爱岗敬业、为人师表，争做学生满意的好教师。各支部要在月底前组织专题座谈讨论会，并将座谈讨论结果上报院党委。

第四，开展主题征文活动。各支部要围绕学习张今同志先进事迹，组织开展主题征文活动，挖掘整理本支部涌现的先进典型材料，广泛宣传本支部涌现出来的好人好事，真正用身边的人和事感染身边人、教育身边人，传递先进典型的精神力量和大爱情怀。各支部评选出两篇优秀征文于2013年10月31日前上交院党委。

向张今同志学习的活动要求如下。

第一，精心组织，深入学习。各支部要充分认识新形势下师德建设的重要性，深刻认识到开展向张今同志学习活动是加强党的思想政治建设的一项重要内容，切实把学习活动摆上重要日程，广泛动员全体师生员工围绕活动主题，结合学习工作和生活实际，深入开展学习活动。

第二，围绕主题，注重实效。要坚持联系实际、务求实效，紧密结合校党委、院党委的各项工作部署，结合学习型党组织建设与创先争优活动，结合反对形式主义、官僚主义、享乐主义和奢靡之风"四风"问题，制订切实可行的学习计划，提出明确具体的举措要求，引导广大师生广泛参与、积极行动，认真加强师德师风建设和学风建设,全面提高教学质量。

第三,大力宣传,营造氛围。各支部、各系室、各年级,要精心组织张今同志先进事迹的宣传,充分运用新闻宣传媒介和各种形式,如学院网站、简报、微博、QQ、微信等形式进行广泛深入的宣传,及时挖掘、报道活动中涌现的先进典型和活动亮点,扩大活动的覆盖面和影响力,形成学习先进、见贤思齐的浓厚氛围。

(二) 道德讲堂

笔者在"道德讲堂"讲座

2013年10月26日晚,由河南大学文明办主办、河南大学外语学院承办的以"爱岗敬业、弘扬高尚师德"为主题的"道德讲堂"活动在科技馆二楼报告厅开讲。校党委宣传部、外语学院相关领导出席,时任外语学院团委书记(现任欧亚国际学院党委副书记)黄鑫担任主持人。外语学院各年级近三百名学生一起参加了本次活动。

本次活动上,笔者追忆了张今先生爱党敬业、淡泊名利的生平故事,以"学高为师　身正为范——追忆我身边的好人张今先生"为题,从四个方面讲述了张今先生热爱祖国、关心社会的社会公德;爱岗敬业、忘我工作的职业道德;艰苦朴素、乐于助人的个人品德;感恩妻子、关爱孩子的家庭美德。

参与活动的同学感受颇深,一位同学说:"伟人已走过,但他们的足迹还在。作为光荣的河大外院学生,一定会传承前辈严谨治学的精神。"随后,时任外语学院党委副书记(现任河南大学招生办公室主任)樊小勇做出点评,他说本次道德讲堂旨在弘扬师德,树立爱岗敬业的责任意识,同学们要通过参与道德讲堂,激发学习主动性、积极性和创造性,先学会如何做人做事。最后,在全体同学做出道德承诺之后,樊小勇向家属代表、张今的儿子张颖赠送鲜花,送出祝福。

(三) 向身边的先进典型人物学习

2014年5月6日,为进一步推动党的群众路线教育实践活动深入开展,引导和激励广大党员干部群众以先进人物为榜样,立足岗位,敬业奉献,扎实工作,为建设高水平大学做出新的更大贡献,中共河南大学委员会在全校开展向身边的先进典型人物学习活动。

包括张今在内的10位教师被确定为河南大学"身边的先进典型人物"。他们爱岗敬业、争创一流、刻苦钻研、精益求精、锐意创新、淡泊名利、勇于奉献的先进事迹,集中体现了"百折不挠、自强不息"的河大精神,深刻诠释了"明德新民、止于至善"的河大校训,充分彰显了百年办学历程中一代代河大人的精神风貌和高尚品格。

学校党委决定在全校范围内开展向"身边的先进典型人物"学习活动,通过举办报告会、在校报(网站)开设学习专栏等形式大力弘扬他们的先进事迹。各基层党组织要结合正在开展的教育实践活动和本单位实际,认真组织开展形式多样、富有成效的学习活动。要把学习先进典型人物的事迹作为教育实践活动的一项重要内容和有效抓手,积极动员,大力宣传,引导广大党员干部、师生员工真正以身边的先进典型为镜,联系思想和工作实际,对照先进,寻找差距,切实打牢纠正"四风"、改进作风的思想根基,牢固树立群众观点,认真践行群众路线,在学习身边的先进典型中升华思想境界,凝聚干事劲头,推动学校各项事业实现新发展。

根据学校的活动安排,外语学院党委通知笔者撰写张今先生的先进事迹材料,刊发在学校网站上"身边的先进典型人物"学习专题栏目里。

笔者所撰写的文章题目是"党性内化于心,作风外化于行——记中国共产党的好儿子张今先生",从党性强、业务精和作风好三个方面讲述了张今先生心系党、心系人民、心系国家的党性原则;爱岗敬业、精益求精、忘我工作的职业道德;艰苦朴素、乐于助人的优良作风。

（四）"感动河大"人物

校领导与出席颁奖典礼的"感动河大"人物及其家属合影

2017年6月,中共河南大学委员会宣传部决定,为庆祝建校105周年,学校开展"感动河大"人物评选活动,深入挖掘改革开放以来学校涌现出的先进典型人物,树立师生身边榜样。

根据《关于开展"感动河大"人物评选活动的通知》(校党宣字[2017]8号)要求,通过各基层单位推荐、评委会评审、官方微信宣传、官方网站公示、校党委常委会议研究等程序,共确定了马佩等23位"感动河大"人物。他们中既有离退休老教师,也有还奋斗在工作一线的年轻教师,还有曾为学校做出过突出贡献的已离世的教师。他们的事迹感动着河人、感动着师生。外语学院有四位教师当选,他们是张今、吴雪莉、刘炳善、张晓晖。为表彰先进,树立楷模,充分发挥典型引领作用,学校决定对"感动河大"人物予以表彰。

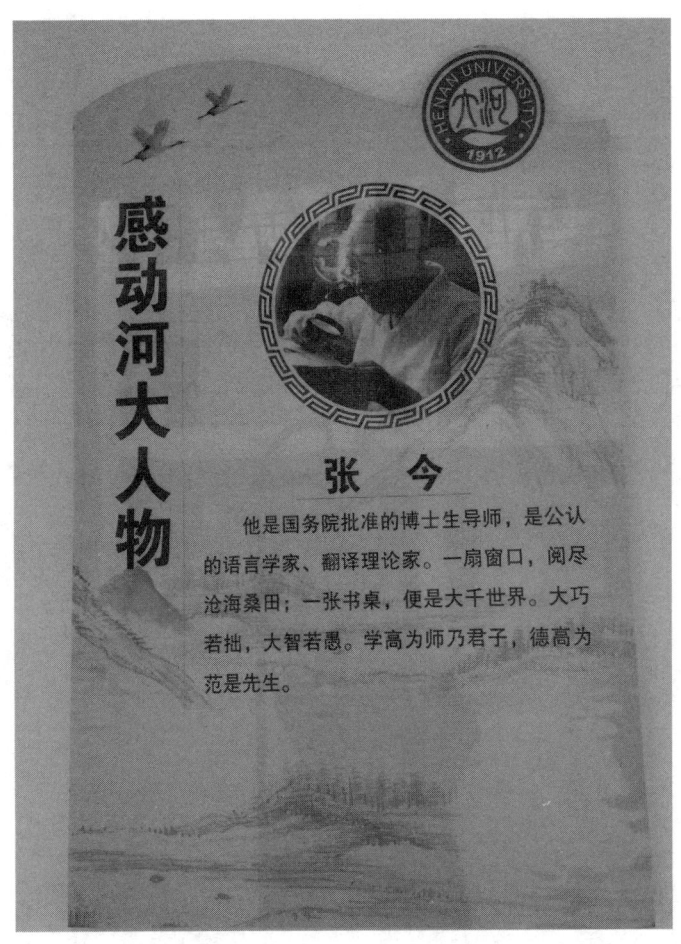

2017年9月25日,河南大学建校105周年纪念日,"感动河大"颁奖典礼隆重举行。

河南省委宣传部副部长赵刚,开封市人民政府副市长马璞,郑东新区管委会党工委副书记马安庄,河南大学卢克平、宋纯鹏、雷霆、张宝明、刘志军、刘先省、许绍康、孙君健等校领导,部分离退休校领导,以及各界校友、师生共襄盛典,共庆河南大学一百零五周年华诞。我校校友、河南广播电视台知名主持人马晓红、林泉主持颁奖典礼。

"感动河大"颁奖典礼吸引了众多媒体,《光明日报》、《中国青年报》、人民网、《大公报》、《河南日报》、《大河报》、《东方今报》、《河南商报》、《开封日报》、开封电视台、开封网等媒体都派出记者前来报道。未来网、网易网、大河客户端、猛犸客户端、开封网、河南大学网、河南大学官方微博等多家网络媒体现场直播了颁奖典礼。截至9月26日上午10点,各直播平台后台数据显示,总浏览量突破五百万。

颁奖典礼开始前,党委书记卢克平、校长宋纯鹏等校领导在大礼堂贵宾室和"感动河大"获奖人物亲切座谈,并合影留念。

张今的幼子张颖代表张今上台领奖。

第三章 学术生涯

张今对自己的评价是"长于学术研究"。回顾先生的一生,这一评价真的非常到位。张今的一生,是学术的一生。

张今长于学术研究,长于理论思维,也长于将诸多经验材料组织成理论体系。

一、学术小传与学术年鉴

(一)学术小传

张今早年在《翻译通讯》上发表论文14篇,随后在《外语与外语教学》《外语研究》《外国语言文学研究》《英语世界》《大学英语园地》《外语与翻译》等期刊上发表论文30余篇。晚年,除了在新浪网微博上发表的42篇博文外,其他公开发表的学术论文不多,主要因为他撰写的论文较长,一般都在1万字以上,有的长达3万字,很难在版面紧张的学术期刊上发表。

张今善于撰写专著,著多译丰,出版学术专著译著23部。张今的研究方向主要为英汉对比语言学、文学翻译理论和东方辩证法,主要著作有:《英汉比较语法纲要》《英译汉理论与实例》《英美报刊的阅读与理解》《文学翻译原理》《英语句型的动态研究》《英语抽象名词研究》《思想模块假说——我的语言生成观》《英汉语信息结构对比研究》《中国翻译大辞典》《英汉翻译技巧》《东方辩证法》《文学翻译原理(修订本)》《英语句型的动态研究(修订本)》《用科学揭开〈易经〉的神秘面纱》《东方辩证法(修订本)》等。主要译著有:《美学原理》《美学史》《学习方法及其在教育上的应用》《华盛顿传》《不平凡的一生——哈默传》《无冕之王》等。校订的著作有:《科学史》《科学的社会功能》等。其中,专著《文学翻译原理》一书获得1992年国家教育委员会颁发的高等学校出版社优秀学术著作优秀奖。

此外,张今获批国家社科基金1项,是河南大学外语学院首批获得的国家社科基金项目之一,另获批河南高校人文社科项目一项。

鉴于张今的学术成就,《中国日报》在1988年2月1日发表了"Linguist Translates His Experiences"的专访,介绍他的生平和著作。全文如下:

Linguist Translates His Experiences

Cheng Weixing

"The best way to keep away from the conventions of our predecessors in research work is not to jump into the circle of convention ourselves."

Those are the words and also the method of working employed

by Zhang Jin, 60, professor of the Foreign Languages Department at Henan University, Kaifeng.

Based on this method, Zhang has published three books which have much influence in the country and contain his own ideas—they do not follow others or simply reprint foreign scholars' works. One of the books is his newly published *Principles of Literary Translation*, a book with 270,000 Chinese characters.

Lv Shuxiang, one of the most famous Chinese linguists and honorary director of the Languages Research Institute at the Chinese Academy of Social Sciences, considers the book "the first work on the study of literary translation theory" and draws attention to its originality.

"I think that literary translation, first of all, is a kind of art, which should be different from other kinds of translation. Thus, only by basing our literary translation theory study on both linguistics and aesthetics can we make achievements," Zhang said.

In this book, Zhang analyses all the basic problems of literary translation by using the views of Marxist philosophy and aesthetics. He considers the translation theory of Eugene Albert Nida, a famous modern translation theorist of the United States, completely helpless before the aesthetics of literary translation, though Nide's theory is the prelude to the transformation from art of translation into science of translation.

His other important work, *An Outline Comparative Grammar of English and Chinese*, published by Commercial Press in 1981, is regarded by Dong Zhendong, senior advisor of the China Software Company, as "China's first important work comparing the two languages comprehensively and systematically on the basis of linguistics and in connection with the sciences of symbolics and information."

Dong also said he had benefitted much from Zhang's book during his research work on the English-Chinese translating machine.

In this book, Zhang puts forward his "hypothesis of prime verbs". He says that in remote antiquity, a sound or the repeating of a sound formed a "sentence", which could be considered as a "prime verb". All other sentence elements, such as subject, object and adverb were split off from the "prime verb."

"Using the method, we can easily explain many illogical language phenomena in both English and Chinese languages," he said.

Born in an intellectual family in Anyang, Henan Province, in 1927, Zhang began reading Chinese classic works when he was just eight years old.

"I was fond of literature then, and I dreamed that someday I would become a man of letters. However, things did not go like that," said Zhang, smiling gently.

In 1945, he was enrolled as a freshman in the history department of the Central University in Chongqing, Sichuan Province.

"When Zhou Enlai began to enrol college students who had mastered English for the preparation of peace talks between Kuomintang and the Communist Party of China with the help of US military advisors, I succeeded in being one of the 79 who were soon carried to Zhangjiakou, Hebei Province, by US military planes," he said.

But the peace talks ended and Zhang was sent to work in Xinhua News Agency until 1958. He was the leader of the American team in the translation department.

"I had worked there for about 10 years and gained much experience in English-Chinese translation, so I had the idea of compiling a book on English-Chinese translation. In 1956, my *English News Translation Study* was published by Xinhua News Agency," Zhang said.

The book is considered to be the first on the theory of English-Chinese translation since 1949 and it became the chief source for two other influential books of the same kind.

The secret of Zhang's success lies in the fact that he writes out his own views based on his rich experience and logical thinking.

"I am fond of logical thinking and I like to elevate my work experience to the level of theory, which helps me to avoid following others and to bring forth some new ideas," he said.

He is now writing two new books—*A Dynamic Study of English Sentence Patterns* and *A Study of English Abstract Nouns*.

"In the near future, I am going to write another book, *Liguistics of Translation* and compile a dictionary, *A Dictionary of English-Chinese Translation*, which will explain many odd meanings you can not find in ordinary dictionaries," he said.

Zhang feels that time is pressing, but says his reference materials and information from abroad are too limited. So he expresses a strong desire to establish relationships with foreign scholars and cooperate with them in research.

《中国日报》专访张今的文章

(二)学术年鉴

1965年,帕克著《美学原理》(商务印书馆)

1975年,鲍桑葵著《美学史》(商务印书馆)

1975年,丹皮尔著《科学史》(校订:商务印书馆)

1981年,科勒斯涅克著《学习方法及其在教育上的应用》(山西人民出版社)

1981年,《英汉比较语法纲要》(商务印书馆)

1982年,贝尔纳《科学的社会功能》(校订:商务印书馆)

1984年,《英译汉理论与实例》(北京出版社)

1984年,《英美报刊的阅读与理解》(合编,中国对外翻译出版公司)

1984年,华盛顿·欧文著《华盛顿》(合译,新华出版社)

1984年,《不平凡的一生——哈默传》(合译,知识出版社)

1985年,《无冕之王》(合译,新华出版社)

1987年,《文学翻译原理》(河南大学出版社)

1990年,《英语句型的动态研究》(河南大学出版社)

1996年,《英语抽象名词研究》(河南大学出版社)

1997年,"治学经验十四条",《外语与外语教学》

1997年,《思想模块假说——我的语言生成观》(河南大学出版社)

1998年,"思想模块假说(摘要)",《外语与外语教学》

1998年,《英汉语信息结构对比研究》(河南大学出版社)

1999年,《中国翻译大辞典》(参编,湖北教育出版社)

1999年,《英汉翻译技巧》(合著,河南大学出版社)

2001年,鲍桑葵著《美学史》(重印本)(广西师范大学出版社)

2001年,帕克著《美学原理》(重印本)(广西师范大学出版社)

2002年,《东方辩证法》(河南大学出版社)

2002年,"治学经验十六条",《外国语言文学研究》

2005年,《文学翻译原理》(修订本)(清华大学出版社)

2005年,《英语句型的动态研究》(修订本)(清华大学出版社)

2008年,《用科学揭开〈易经〉的神秘面纱》(山西出版集团/山西科学技术出版社)

2013年,《东方辩证法》(修订本)(河南大学出版社)

二、学术历程

(一)第一次学术研究

1947年至1958年,由于工作需要,张今先后调到新华社临时总社和新华社总社工作,历任新华社翻译部翻译、校订、美洲组组长、英文一组组长等职。

1954年,张今向翻译部副主任沈炳杰提建议说:"过去,我们培养翻译干部的方法是你译我改。这是一种师傅带徒弟的办法,是一种手工业方式。入城以后,老同志调走很多,每年分配来的大学生也愈来愈多。他们都是英语系毕业生,英语底子不错,只是不会翻译。我们现在培养翻译干部应该采用工业化的培养方法,才能适应新的局面。"沈炳杰问张今:"什么叫工业化的培养方式?"张今说:"就是开办讲习班,由经验丰富的同志来讲翻译经验。这样可以较快地培养出大批翻译干部来。"沈炳杰说:"你的建议很好,可以一试。就请你首先讲吧。"张今说:"光我一个人不行,最好动员所有有经验的老同志都来总结经验。"

当时,翻译部的同志每天只工作6小时,还有两小时是业务学习时间。张今就利用这两小时开办讲习班,介绍他的翻译经验。张今选了10个题目,讲了10次。开办讲习班的效果十分显著:培养熟练翻译干部的时间由三年缩短为一年。翻译部还把他的10篇讲稿汇集成册,取名《新闻英语翻译技巧研究》。这个小册子总共印了8000份,分送给北京各大学英语系和党中央国家机关(如外交部、外贸部、外文局等)翻译部门。

张今认为,这是他第一次真正意义上从事科学研究。

(二) 文学翻译研究

1951年,张今参加了第一届全国翻译工作会议,开始研究翻译理论。

1960年,张今回到故乡安阳。为了维持生计,他为商务印书馆译书,主要翻译和校订外国哲学社会科学著作。他每年翻译一本书,就可以获得一笔丰厚的稿酬,可保全年生活无忧。因此，他每年都有半年时间赋闲在家。他想利用这一段闲暇时间写一本关于翻译理论的书，可是他不知道该怎么写。

1962年秋天，张今专程前往北京拜访董秋斯先生，请教如何撰写翻译理论书稿。董先生是20世纪50年代发行的唯一译学杂志《翻译通报》的主编，又是《译文》杂志的副主编和编委。他曾经在《翻译通报》第二卷第四期上以《论翻译理论建设》为题发表长文，号召建立翻译学。

1962年和1963年，张今每年都花半年时间到文津街北京图书馆搜集资料。他把北京图书馆馆藏的外国翻译理论著作和英汉对照的图书看了个遍，还旁及哲学、美学、文艺理论、逻辑学、心理学、教育学、文化学、电影理论、音乐表演理论、戏剧理论，包括苏联的斯坦尼斯拉夫体系、巴甫洛夫学说、国画理论、外国绘画理论，可以说是博览群书。

张今读完这些书后，一个文学翻译的理论体系就在他的脑海中形成了。1964年，他开始写作，一共写了三稿。他把第三稿寄给吕叔湘先生请他赐教。吕先生对这个稿本很感兴趣，并提出一些宝贵意见，包括把书名由"翻译美学"改为通俗的"文学翻译原理"等。张今根据吕先生的意见，对第三稿进行了修改，形成第四稿，又把第四稿寄给了文学大师沈雁冰先生。沈先生亲笔回信说，他已经把书稿转送作家出版社。但是，由于当时张今无法通过"政审"，三个月后出版社退回书稿。这样，《文学翻译原理》书稿就一直在箱底压着，历经25载，直到打倒"四人帮"以后，才于1987年正式付梓。付梓之前，张今对第四稿进行了修订,是为第五稿。

(三) 学术研究的春天

1976年,粉碎"四人帮"之后,"十年浩劫"结束。1977年9月,教育部在北京召开全国高等学校招生工作会议,决定恢复已经停止了10年的全国高等院校招生考试,以统一考试、择优录取的方式选拔人才上大学。

1978年3月18—31日,中共中央、国务院在北京隆重召开全国科学大会。这是我国科学史上空前的盛会,标志着我国科技工作经过"十年动乱"后终于迎来了"科学的春天"。

1978年3月18日下午,在中共中央主席、国务院总理华国锋的主持下,全国科学大会在北京人民大会堂隆重开幕。中共中央副主席、国务院副总理邓小平在大会开幕式上作了重要讲话。他阐述了"科学技术是生产力"的著名论断,指出新中国的脑力劳动者、知识分子是工人阶级的一部分,摘掉了长期加在知识分子头上的"资产阶级知识分子"帽子,为我国科技发展扫清了障碍。

1978年3月24日下午,邓小平主持大会。华国锋作了题为《提高整个中华民族的科学文化水平》的重要讲话。他指出,提高全民族的科学文化水平是亿万人民的切身事业,号召全国人民向科学技术现代化进军。

大会闭幕前,播音员宣读了中科院院长郭沫若的书面讲话《科学的春天》。他在讲话中欢呼:"我们民族历史上最灿烂的科学的春天到来了。"这一讲话画龙点睛,凸现了全国科学大会的历史性意义,为大会画上了圆满的句号。

全国科学大会之后,中国迎来了"科学的春天",进入了科技发展和改革创新的崭新时代,自然科学和人文社会科学研究逐渐走向繁荣发展的新局面,各种学术团体如雨后春笋般纷纷成立,各种学术会议更是数不胜数,张今积极参与各种学术活动,加入多个学术团体,还在一些学术团体中担任领导职务。

据不完全统计,张今1982年4月参加河南省语言学会年会,1983年6月参加第一次生成语法国际研讨会,1984年9月21日参加河南省美学学会成立大会,1985年9月23日参加河南省翻译工作者协会成立大会,1986年6月2日参加中国逻辑与语言研究会1986年年会,1987年7月25日参加第一次全国翻译理论研讨会,1994年参加中国英汉语比较研究会成立大会,1995年7月参加中外语言文化比较学会第三届年会,1996年11月1日参加全国第二次新格赖斯会话含意理论研讨会。

张今1982—1997年任河南省译协理事、副会长,1997任河南省译协名誉会长,1986—1992年任中国逻辑与语言研究会学术委员会委员,1986—1997年任全国译协理事,1992—1997年先后任中国英汉语比较学会常务理事及顾问,1995年任中外语言文化比较学会副会长。

全国科学大会之后,张今也迎来了自己"学术研究的春天"。

(四) 对比语言学研究

张今毕生从事英汉翻译工作,翻译实践经验非常丰富。他的这些翻译实践经验有时转化为翻译原理,有时转化为各种语言学理论。他一直认为,翻译就是语言对比,语言对比就是翻译。进行文学翻译原理研究的同时,他也在进行英汉语言对比研究。

1979年,张今完成《英汉比较语法纲要》书稿。1981年,经过层层审核把关,《英汉比较语法纲要》在商务印书馆出版,这是张今出版的第一部学术专著,也是国内第一批英汉对比研究方面的著作之一。王菊泉在《外语教学与研究》1982年第四期《关于英汉语法比较的几个问题——评最近出版的几本英汉对比语法著作》一文中,对《英汉比较语法纲要》给予了很高的评价。

但是,张今知道,《英汉比较语法纲要》也有缺点,他希望重新修订该书,为此他做了大量准备工作。1984年,他开始撰写《英语句型的动态研究》书稿。他还准备再写一本《汉语句型的动态研究》,以便撰写一部新的英汉对比语法著作。由于种种原因,他的计划最终没有实现。他认为,最重要的原因是他对汉语语法的规律性认识不够,没有找到研究汉语语言的最佳方法和最佳理论框架。15年之后,他终于找到了研究汉语语言的最佳方法和最佳理论框架,其成果就是《思想模块假说——我的语言生成观》(1997,河南大学出版社)。

（五）学术研究高峰

1986 年，张今来到河南大学外语系工作，虽然还没有正式办理入职手续，但他已经全身心地投入到学术研究工作。

1987 年，张今整理、修改和出版了《文学翻译原理》；1990 年，他撰写和出版了《英语句型的动态研究》；1996 年，他与刘光耀合著出版《英语抽象名词研究》；1997 年，他出版了《思想模块假说——我的语言生成观》；1998 年，他与张克定合著出版《英汉语信息结构对比研究》；1999 年，《英汉翻译技巧》面世。

12 年时间，张今出版了 6 部学术专著，迎来了他的学术高峰期。

（六）易学研究

1990 年到 1993 年，张今花了 4 年时间研究《周易》符号学。他研究周易符号学，缘于两个因素。第一是童年的经历，第二是河南大学传统文化研究的氛围。

张今的故乡是安阳，在安阳市城南 15 公里外有一处周代遗址，叫羑里。相传，这是"周王拘而演《周易》"的地方。因此，安阳许多中下层知识分子都对《周易》有一些基本认知。大约在张今七八岁时，他家的一位远房亲戚谢长申就把文王八卦系统和朱熹的"八卦取象歌"教给了他。这些神秘的符号给他留下了不可磨灭的印象。

河南大学历来有研究《周易》的传统。在河南大学，有一批教师热衷于《周易》研究。在他们的带动下,张今曾经多次参加在安阳举办的《周易》文化研讨会,从中受益匪浅。

张今在吸收传统易学精华的基础上创建了《周易》符号学,并且发现《周易》符号学方法是研究汉语语言的最佳方法,思想模块假说是研究汉语语言的最佳理论框架。

张今认为,要创建真正科学的汉语语言学,首先应该真正把握中国文化的本质精神——阴阳之道。如果不能真正抓住中国文化的这一本质精神,对汉语语言的研究就难免流于肤浅。

经过10年潜心研究易学,张今2002年出版了《东方辩证法》一书。

(七) 世界文明起源研究

对《易经》的研究奠定了张今对古史传说的态度——宁信其有,不信其无。研究《易经》10年来,张今逐渐朦朦胧胧地有一种感觉——中华文明在古代世界传播得非常遥远,如古巴比伦和两河流域的《圣经》、欧洲英格兰的"巨石阵"和希腊的"连山陶盆"、南美洲的玛雅文明、大洋洲毛利人的阴阳观念等都留下遗迹。他觉得中国的自然科学家和社会科学家尤其是历史学家有责任联合起来,去调查研究中华文明在古代世界对外传播的情况。这个领域是一个有待开垦的处女地。历史已经为我们提供了更有力的工具——种族基因组学和日新月异的考古发现。新一代的学者在这个领域可以大有作为。他相信,只要查明中华文明在古代世界对外传播的情况,那肯定会大大有助于揭示中国古代世界的历史真相。

张今于2009年在其博客上发表系列文章,从易卦、天文、数学各方面论证古埃及和华夏文明的相似性。他认为,中华文明是世界各大文明的源头,埃及文明是华夏先民迁移到埃及所建立的。

张今大胆地指出世界文明起源于中国,并且用大量的图片证明了这一观点。去世之前,他一直在撰写《中国上古文明研究》书稿,但是遗憾的是,在他有生之年没有看到这部书的出版。

三、治学有道

(一)谦虚向学

张今虚怀若谷,面对年轻教师也不耻下问。他曾经向逻辑学家马佩学习逻辑学的知识,找数学系的老师一起探讨数学方面的问题,和政治系研究《易经》的老师一起讨论《周易》。

2002年,张今已经75岁高龄,他听说拓扑学对语言学研究很有帮助就到学校图书馆借来拓扑学方面的著作阅读。由于年事已高,阅读起来很吃力,他给笔者打电话,让我问一下数学系的朋友像他这种年龄还能不能学会拓扑学,如果能的话,让对方帮忙推荐一些入门性的书籍。我咨询时任数学与信息科学学院院长王天泽(现任华北水利水电大学副校长)之后,从图书馆借来几本拓扑学书籍送给张今,他立即开始阅读了。

(二) 与时俱进

张今晚年研究世界文明起源时,没有现成的参考资料,只能从一些考古书籍中的图腾、图片、塑像等文物着手。为此,他必须学习使用电脑,学习上网,学习在网上买书,在网上查资料。

对一个年近八旬的老者而言,学习使用电脑非常之难。笔者教他收发邮件时,他坐在我旁边,像小学生一样认真听讲。我一步一步给他演示解释,然后再演示再解释,同时把每一步都写下来。最后,他自己再独立操作一遍,直到把每一步都熟记于胸。

为了学习使用电脑,张今像孩子玩游戏般投入,有时一天在电脑前工作六七个小时,真可谓是"老夫聊发少年狂",这也正是张今活到老学到老与时俱进创新思维的体现。家人和朋友们只有耐心地劝先生少上网,多休息,保重身体。但他们知道,在身体和学术之间的取舍张今必然选择学术,因为他把学术生命看得比生命更重要。

最终,张今学会了使用电脑,甚至还有了自己的博客。他在博客中发表了42篇博文,主要是学术性文章,包括《谁创造了古埃及文明》(11篇)、《八千年前的中国式岁差理论》(4篇)、《中国的蚩尤氏和希腊古代的奥运会》(3篇)、《破解凯尔特人起源之谜》(5篇)、《米诺斯文明与钟杯文化的发祥地》(4篇)、《斯堪的纳维亚文明研究》(5篇)、《商代四象卦的发现与初步研究》、《论证崧泽文化青墩遗址的数字卦就是甲骨文的源头》等,也有部分与生活相关的文章,同时还附有一些照片。

(三) 科研准备

张今认为做学术研究需要有五种准备:哲学准备、数学准备、一般文化语言准备、本学科的基本理论和方法上的准备以及其他学科的基本理论和方法的准备。研究学问,靠的是理论思维能力。而要培养理论思维能力,只有学习哲学和哲学史,因为只有哲学才能启迪智慧。数学准备就是逻辑学准备。只有通过学习数学,才能提高逻辑思维能力,即归纳演绎能力、分析综合能力和抽象概括能力。一般文化语言是智慧的基础,没有知识,就谈不上智慧。

张今强调,只有科研准备是不行的,还需要有科研实践,并在科研实践中不断提高自己的科研能力。

(四) 科研问题

张今认为,在科研实践中要注意十二个问题。

(一)要立志,要有毅力;

(二)要把宏观研究和微观研究结合起来;

(三)要选准科研课题,选准突破口;

(四)要注意积累资料;

(五)要养成寻找规律性的思维习惯;

(六)要从实际中来,再到实际中去;

(七)要跳出前人的框框;

（八）要博览群书，"按需补课"，不断改善自己的知识结构；

（九）要十分重视方法论。爱因斯坦晚年归纳出一个创造过程模式：经验——直觉——创造性设想——逻辑推理——结论；

（十）要写作；

（十一）要向师友们学习、请教；

（十二）要不断地为自己树立新的攀登目标，要不断地扩大自己的研究范围，要不断开辟新的研究方向。

（五）科研路线

张今认为，科研路线有三条。

（一）经验主义的科研路线

（二）理性主义的科研路线

（三）辩证唯物主义的科研路线

张今强调，他的治学经验对于青年朋友们也许有一些参考作用和借鉴作用，但也只是参考和借鉴而已。毕竟，每个人的情况不同，每个人的治学风格都要靠自己去寻找。世界上不存在任何可以照搬照抄的科研模式。

（六）科研方法

张今的科研方法很独特，就是从实践中来，到实践中去。他常说，他的研究方法是从毛泽东同志那里学来的。毛泽东同志在"大革命"时期和"土地革命"时期积累了丰富的政治斗争经验和军事斗争经验，到了延安以后，他开始把这些经验上升为理论。毛泽东同志根据自己的经验，认为该怎么说就怎么说，而不管前人怎么说。张今也采取了这样的方法。他根据自己的经验，认为该怎么写就怎么写，不管别人是怎么说的。因此，他总是独抒己见，有自己独特的声音，从不抄袭外国人和本国人的东西。等他的理论体系形成以后，他再去阅读前人的著作，从中吸取营养，借以修改或补充自己的理论体系。（见《文学翻译理论》（修订版，清华大学出版社，刘炳章序，1997年7月于罗马。）张今认为，毛泽东同志学术研究方法的基本特点可以用九个字来概括："不唯上，不唯书，只唯实"（陈云同志语）。

张今认为，视觉化、形象化、图表化和符号化不但是自然科学中的重要研究方法，也是语言学中的重要研究方法。他和一位医生朋友共同研究英语基本句型时，这位朋友用一些符号和小人图像来代表这些句型，由此启发他把主语、谓语动词、宾语等语法概念同行为主体、行为、行为客体等现实生活概念区别开来，研究其间的相互关系。这实际上也就是研究各种句子成分之间的转化现象和各种句型之间的转化关系。

（七）科研境界

张今说，做科研有三种境界。

第一种境界是人云亦云。这是最保险最安全的，但也是错误的，最没有出息的。因为这种科研没有新鲜见解，也就是没有创见。错了，不是自己的；对了，也是别人的。

第二种境界就是善于破除别人的偏见。这是一种创新,是真正的科研,是值得大力提倡的。

第三种境界就是能够打破自己原来的偏见,这是科研的最高境界,也是最难的。

四、富于创新的语言学家

张今的语言学研究以其独到的视角、锐意创新的意识,取得了斐然的成就。他既重视对英语单语种的研究,也重视英汉对比角度的研究;既从宏观上对语言以及语言和其他学科的联系进行研究,也从微观上对语言以及语言内部各要素之间的关系进行研究;既研究语言理论,也研究语言实践。张今致力于语言学研究,提出了不少原创性学说,在理论语言学和英汉对比语言学研究上都做出了很大的贡献。

他出版的语言学专著主要有:

1981,《英汉比较语法纲要》(商务印书馆)

1984,《英美报刊的阅读与理解》(合编,中国对外翻译出版公司)

1990,《英语句型的动态研究》(河南大学出版社)

1996,《英语抽象名词研究》(河南大学出版社)

1997,《思想模块假说——我的语言生成观》(河南大学出版社)

1998,《英汉语信息结构对比研究》(河南大学出版社)

2005,《英语句型的动态研究》(修订版)(清华大学出版社)

（一）《英汉比较语法纲要》

《英汉比较语法纲要》27万字，印数多达59500册。

《英汉比较语法纲要》对各种英语句型之间的相互转化关系作了比较系统、比较全面的研究。例如，History advances irresistably（历史在不可阻挡地前进）。如果把句中的谓语动词转化成主语，状语转化成表语，可以得出转化句 The advance of history is irresistable（历史的推进是不可阻挡的）。又如，I sleep in a comfortable bed（我睡在一张舒适的床上）。如果把句中介词宾语转化成"有"字句中的宾语，就可以得出转化句 I have a comfortable bed to sleep in（我有一张舒适的床可睡）。再如，凡是表示时间长度或速度的状语，都可以转化成表语，同时谓语动词转化成动名词或现在分词或者省略。请看下面三个例子。原型句 He returned late（他来晚了），转化句 He was late in returning（他晚来了）。原型句 You will learn them in a month（你一个月就能学会），转化句 You will be a month learning them（你有一个月就能学会）。原型句 I stayed at the seaside for two months（我在海边待了两个月），转化句 I was two months at the seaside（我在海边两个月）。

《英汉比较语法纲要》提出了原始动词假说。根据原始动词假说，自然语言中最早出现的是原始动词；它反映一幅画面，一种情景；主语、宾语、定语、状语等都是后来才从原始动词中分化出来的。原始动词假说这个概念的形成要归功于视觉化和图形化的研究方法。最初,张今发现有一些英语动词有反映画面的特点。例如,leave一词既有"离开"的意义,又有"留下"的意义,似乎自相矛盾。后来他把这个词画成图画←AB,发现这两种意义并不矛盾。在这幅图画中,物体A和物体B原来在一起。现在A受力向左方运动。站在A的立场上,是A离开了B;站在B的立场上,就是B被A留下。凡是这种情景,就使用动词leave。又如,英语动词ride反映人骑马在地上奔驰的画面。凡是反映这个画面的句子就使用这个动词,主语可以是"人""马"或"地面"。下面三个句子都成立,He rides a horse(他骑马),The horse rides well under the saddle(装上马鞍,那马易骑),The ground rides hard after frost(霜后骑马,地面难行)。

原始动词假说是一个很有用的假说。利用这个简单的假说可以解释许多复杂的现象,如形形色色的主语、形形色色的动词和形形色色的宾语等。例如,在中国学生看来,The pianist was booked for the whole season(这个钢琴家在整个音乐季节的音乐会门票都销售一空)这个英语句子很难理解。要想理解这个句子,请先看另外一个英语句子They beheaded him(他们砍了他的头)。这个英语句子中的宾语很奇怪,张今称之为"所有格宾语"。把这个英语句子转化成被动语态He was beheaded(他被砍了头)后可以看出,主动句和被动句的句子成分是对应的,其主语可以叫做"所有格主语"。这里的"所有格主语"和"所有格宾语"都可以用原始动词假说解释。又如英语成语to run a blockade(冲破封锁线)和to run a risk(冒风险)为什么要使用

run 这个动词,利用原始动词假说分析,就很清楚了。a blockade 是"方向宾语",前面有封锁线,还要向前跑去,岂不是"闯封锁"? a risk 是"地点宾语",四面都是危险,还要跑来跑去,岂不是"冒风险"?

原始动词假说是中国人自己的语言学理论,在说明各种语言现象方面,具有极强的解释力和很强的学术前瞻性。从现代认知科学、认知心理学和认知语言学的角度来看,该假说完全符合人类的认知规律。人类语言的发展过程是一个由具体到抽象的过程,是人在观察客观世界中的各种事物及其相互关系和人类活动的基础上,逐渐进行抽象化、概念化、范畴化的过程。

解放军信息工程大学外语系马秉义教授在原始动词假说的启发下,提出原始语根假说,假说了原始语根→词根→单词的发生和发展,构拟了英语词汇系统,编纂出版了《英语词汇系统简论》(气象出版社,2004)、《英语词汇学新编》(河南大学出版社,2009)、《英语词汇系统学习法》(气象出版社,2013)和《英语词汇系统词典》(河南大学出版社,2018)。

《英汉比较语法纲要》开国内英汉语言对比研究之先河,引起了学界的极大关注和普遍好评,得到了中国社会科学院语言研究所名誉所长、著名语言学家吕叔湘先生和马希文先生的高度赞扬,是当时出版的 4 种英汉语言对比著作中理论性最强、学术价值最大的一部著作。

吕叔湘先生说:"《英汉比较语法纲要》是国内对比语言学领域中一本较好的著作。它不像同类著作的分词类罗列现象,而是抓住几个问题深入探讨,见解透辟,有不少创见。"

中国人民大学许孟雄教授说:"《英汉比较语法纲要》得到同业人的一致好评,我亦参加其中,而且觉得张今教授的书有许多独特的优点。"

中山大学王宗炎教授说:"张今同志所著《英汉比较语法纲要》一书从唯物主义立场出发,试图说明语言与思维的关系。他着重研究在一个句子中各种成分如何互相转换,思路清晰,有超过前人之处。在人类语言与思维的发展史中,各种因素如何互相影响,互相促进,他也有值得注意的构想。"

军事科学院运筹所董振东研究员说:"《英汉比较语法纲要》是我国第一本从语言学的高度,并涉及符号学信息学等全面地系统地对英汉两种语言进行比较的重要著作。"

原中国社会科学院美国研究所研究员董乐山写道:"《英汉比较语法纲要》将实践提高到理论,见解精辟独到,不落一般此类著作窠臼。"

邵敬敏教授认为:"这是本偏重于理论性探讨的语法比较著作,它有以下几点特色:1. 以较大篇幅论述句式中各种成分的变化以及随之而来的句式变化。2. 主张'句本位'。3. 以英语语法为出发点,然后用汉语语法进行对照,某些句式分析颇有独到见解,如对汉语连动式、递系式的分析。4. 大胆提出一些假设,如认为人类语言经历了八次重要的里程碑,各类语结在历史上产生的顺序是:独立语结——半独立语结——非独立语结。5. 基本观点参考了叶斯泊森等语法著作,深受历史比较语言学影响,主张'动词中心说',采用句成分分析法。"①

河南大学外语学院博士生导师刘辰诞教授认为,《英汉比较语法纲要》在当时的学术环境下,振聋发聩,其中不仅有翔实的例证论述句式中各种成分的变化以及随之而来的句式变化,还有一些即便是现在看来都具有相当高理论价值的假设,如关于思维如何反映现实的假设、人类语言从独立语到非独立语产生顺序的假设、关于原始动词的假设等等。

(二)《英语句型的动态研究》

《英语句型的动态研究》40万字,由英语语法界前辈许孟雄做序。

《英语句型的动态研究》语言理论上和《英汉比较语法纲要》一脉相承,但又大大地加以丰富和具体化了,基本上形成了一个理论体系。该书以叶斯泊森的语结理论作为出发点,以共轭相生原理和原型模型论作为理论基础,提出了英语句型的生成机制,即动词中心机制、对应机制、捏合机制、代换机制和转化机制,从动态角度介绍了英语句型发生、发展、演变的全过程。

《英语句型的动态研究》从动态的角度探讨各种英语句型的来龙去脉和相互联系。具体来说,就是探讨最早的英语句型是怎么产生的,各种复合句型是怎么产生的,各种衍生句型又是

---

① 邵敬敏:《汉语语法学史稿》(修订本),商务印书馆,2006,第330-331页。

怎么产生的。一句话,就是各种各样的英语句型是用什么样的办法形成和发展起来的。用语言学的术语来说,就是英语句型的生成机制。

研究英语句型的生成机制,不论在理论上和实践上都有重大意义。从理论上来说,英语句型的生成机制是自然语言奥秘的组成部分,揭示这种机制有助于揭示整个自然语言的奥秘。从实践上来说,揭示这种机制可以帮助英语学习者从理论语法的高度把握各种句型,深入了解各种句型之间的内部联系,培养句型意识,提高自己理解、写作和翻译的能力。

英语句型的生成过程是一个兼具历时性和共时性的复杂过程,要全面把握这个过程,需要积累大量丰富的资料,还需要有敏锐的洞察力和巨大的理论思维能力。显然,张今是具备这两种能力的。

河南大学外语学院院长、博士生导师杨朝军教授说:"20世纪80年代结构主义语言学比较盛行,市场上有很多关于转换生成的书,但大多都是就事论事,重结果而轻理据。而张先生此书的贡献主要在两个方面,一是说明了句型之间为什么转换,二是建构了英语句型相互转换的体系。"

《英语句型的动态研究》是国内外第一本系统研究英语句型生成机制的专著,有许多独到见解,受到英语语法界的好评。《英语句型的动态研究》出版后,受到读者热烈欢迎,很快就销售一空。

(三)《英语抽象名词研究》

《英语抽象名词研究》24万字,是张今和刘光耀合作申请的河南省教委项目的结项成果。

英语抽象名词不仅意义抽象,而且用法复杂,很不好掌握。一般的语法书对抽象名词的描述往往是三言两语,语焉不详。所以,我国绝大多数英语学习者对抽象名词了解甚少。

行为抽象名词和品质抽象名词是抽象名词的两个重要门类。它们分别被视为名词与动词和形容词联系的纽带。以这两类抽象名词为中心所构成的名词短语,常常与句子结构有系统的对应关系。所以,它们又可视为词法和句法联系的纽带。许多著名语言学家都很重视这两类抽象名词在理论研究上的价值。

《英语抽象名词研究》试图从理论和实用的结合上对英语抽象名词进行比较全面而系统的探讨。中外关于英语抽象名词的论文有一些,全面论述英语抽象名词的成本著作几乎没有。本书在编写体系、抽象名词的分类和其他许多问题的论述上都进行了全新的尝试。

《英语抽象名词研究》标志着我国英语名词研究方面的一个重大变化[①]。

[①] 孙勉志:《英语名词的表达与理解》,华中科技大学出版社,2007。

(四)《思想模块假说——我的语言生成观》

《思想模块假说——我的语言生成观》14万字,1997年由河南大学出版社出版。

该书提出了周易符号学方法是研究汉语语言的最佳方法,思想模块假说是研究汉语语言的最佳理论框架。思想模块假说首先提出了看待语言的两种理论观点,即辨证系统论和原型模型论,然后分别阐述了知识模块和思想模块、语言的形态发生学过程、言语的形态发生学过程、思想模块假说在语言学上的意义以及思想模块假说对英汉对比语言学和翻译语言学研究的意义。辨证系统论包括五个要点,涉及辩证法的两条根本规律、矛盾的两种形态、内外部矛盾的作用、辨证逻辑和形式逻辑的关系以及系统的重要性。原型模型论一共有六个要点,主要涉及"型""原型"和"模型"的关系以及它们在语言和言语中的表现和应用。

思想模块假说讲语言、思维和现实之间的关系,讲语言的生成过程……这种思想正是当代认知科学、心理学、人工智能科学、认知语言学等科学领域的研究热点和前沿,而这些思想在《英汉比较语法纲要》中就已经形成。

原型模型论研究的是物理系统和精神系统之间、精神系统和精神系统之间及物理系统和物理系统之间相互作用的原理和机制。这种理论属于哲学范畴,既适用于自然科学,也适用于社会科学,尤其适用于语言研究。原型模型论无论是对个体语言的研究、语言的对比研究,还是翻译理论与实践的研究都具有重大的意义。

根据原型模型论,原型和模型之间必须有共同之处,但是在原型基础上形成的模型又各有不同。这是因为模拟主体具有一定的主观能动性,可以选择不同的模拟规范对原型进行模拟。这一点也符合认识的内容和形式的辨证关系原则,即认识的内容是客观的,认识的形式是主观的,面对同一认识内容可以有不同的认识形式。从反映论的角度来看,语言只不过是一种认识形式。因此,当人们面临同一客观世界(认识的内容)的时候,语言(认识的形式)却可以是多种多样的。

在原型模型论的指导下,袁祖焕、王红、张晓娜、胡欢、赵联斌和笔者分别将其应用到语言学和翻译学研究中。

袁祖焕和王红 2008 年分别完成硕士毕业论文《英语分裂句的原型模型论视角》和《英语中等级性形容词反义词的标记性研究:原型模型论视角》,张晓娜 2009 年完成硕士毕业论文《原型模型视角下的英语倒装句研究》,胡欢 2011 年完成硕士毕业论文《原型模型理论框架下英语倒装句的研究》。

赵联斌 2009 年和刘治在国防工业出版社出版学术专著《原型模型翻译理论》,2013 年和申明在河南大学出版社出版学术专著《原型-模型翻译理论的研究焦点和理论视角》。从 2009 年到 2019 年的 10 年间,赵联斌共发表 17 篇与原型模型论有关的学术论文,分别是《译者的模拟权限——原型模型翻译理论探究》《一般原型模型论在翻译研究中的应用》《含义的不可解读性和意义的多样性——原型模型翻译理论探究之二》《译语文本的模拟类型》《从原型模型翻译理论看典籍英译的意义》《原型-模型翻译理论的研究焦点与理论视角》《原型模型翻译理论的哲学理据分析》《原型-模型翻译理论视域下的语义研究》《从原型-模型翻译理论看译语文本的读者满足》《原型模型翻译理论与学校德育研究》《原型-模型翻译理论视域下的文学创作本质研究》《原型-模型翻译理论的合理性与不足之反思》《原型-模型翻译理论的践行探索》《原型-模型翻译理论视域下的外宣翻译研究》《原型-模型翻译理论视域下的大学英语翻译教学改革》《原型-模型翻译理论的阴阳思辨》《原型-模型翻译理论及其在外宣翻译中的应用》《原型-模型翻译理论视域下的新闻翻译研究》。

笔者根据张今提出的原型模型论,进行了一些拓展研究,2007年在《信阳师范学院学报》上发表文章《"原型模型论"及其在语言研究中的运用》,2009年在《时代文学》上发表文章《英语隐喻句的原型-模型论视角》,2013年在《河南大学学报》上发表文章《原型模型论与原型范畴论对比研究》。

(五)《英汉语信息结构对比研究》

《英汉语信息结构对比研究》1998年由河南大学出版社出版,38万字,是张今和张克定合作申请的国家社科基金项目的结项成果,2004年重印。

《英汉语信息结构对比研究》紧跟学术前沿,主要参照理论是韩礼德的系统功能语言学、欧陆功能语言学和美国功能语言学。但是，张今并没有被这些理论所束缚，而是基于英语和汉语的事实寻找这两种语言在传递信息过程中所呈现出的相同点和不同点。

《英汉语信息结构对比研究》坚持四条方法论原则：1. 解放思想、实事求是的原则，从英汉语的实际出发，提出自己的见解、定义和理论；2. 历史和逻辑相统一的原则，既不以逻辑的东西去否定历史的东西，也不以历史的东西来否定逻辑的东西；3. 把语用结构和语法结构区别开来，又联系起来；4. 把主题提示手段和焦点提示手段区别开来，又联系起来。

《英汉语信息结构对比研究》对信息结构理论的贡献主要表现在 5 个方面：1. 对"新旧信息"重新给出了比较完善的定义；2. 对"主述位"重新给出了更加严密的定义；3. 对"信息结构"也重新给出了符合对比语言学需要的定义；4. 设计了计算聚焦强度的量化标准；5. 区别了语篇的宏观信息结构和微观信息结构。

北京大学胡壮麟教授认为，《英汉语信息结构对比研究》"不仅引入了国外语言学理论，而且结合汉语特点，比较两种语言系统的信息结构，做到洋为中用，理论为实践服务，有助于推动英语界和汉语界的沟通"。

广东外语外贸大学钱冠连教授说，"耽读《英汉语信息结构对比研究》，发现它确有一系列的创见，解决了一些难题，对语言研究有重要的方法论意义和科学态度方面的启发"。

(六)《英语句型的动态研究》(修订版)

《英语句型的动态研究》(修订版)43万字,2005年由清华大学出版社出版,我参与了修订工作。

《英语句型的动态研究》第一版出版以后,张今发现隐喻机制也是基本句型衍生新句型的生成机制,但他手头科研工作太多,无暇修订第一版。2003年,我博士毕业后,参与《英语句型的动态研究》的修订工作,修订本中增补的第七章(英语隐喻句)由我执笔完成。除了增补第七章以外,修订本还对"聚集强度"和"增重幅度"的计算方法作了改进,使计算方法更加简便,更加具有可操作性。这是张今用定量方法研究语言学的一次尝试,这种尝试是相当成功的。

《英语句型的动态研究》(修订版)指出,英语句型的生成机制除了动词中心机制、对应机制、捏合机制、代换机制和转化机制,还有隐喻机制。本书从动态角度介绍了英语句型发生、发展、演变的全过程,资料翔实,信息量大,可以帮助读者提高英语理解能力、英语写作能力和英译汉翻译能力,既可以作为知识性读物阅读,也可以作为案头工具书,随时查阅、参考。

五、理论与实践并重的翻译家

张今是著名的翻译理论家,主要从哲学和美学的高度,运用马克思主义的立场、观点和方法,对文学翻译中的各项基本问题进行研究,尝试建立马克思主义的文学翻译理论体系。同时,张今致力于翻译实践,译、校字数逾2000万,内容涵盖不同学科和专业。

作为一名翻译家,张今与朱光潜是新中国翻译史上第一批将西方美学经典介绍给中国读者的译者。张今与许渊冲、傅雷一道被称为新中国翻译研究文艺学派的奠基者,他为新中国的文学翻译和翻译研究事业做出了巨大贡献。他的翻译思想集中体现在他的《文学翻译原理》一书中。因为张今在辩证法方面颇有研究,辩证法的运用成为其翻译思想的主要特点,为他的翻译研究带来了无穷的活力,使得他的翻译思想更加理论化和系统化。

张今在新华社工作期间,通过自编材料和授课的形式培养了一大批优秀的翻译人才,为国家的翻译事业做出了应有的贡献。为此,他被收录进《中国翻译家辞典》和《中国科技翻译家辞典》。

张今出版的翻译专著和译著主要有:

1965,帕克著《美学原理》(商务印书馆)

1975,鲍桑葵著《美学史》(商务印书馆)

1975,丹皮尔著《科学史》(校订,商务印书馆)

1981,科勒斯涅克著《学习方法及其在教育上的应用》(山西人民出版社)

1982,贝尔纳著《科学的社会功能》(校订,商务印书馆)

1984,《英译汉理论与实例》(北京出版社)

1984,华盛顿·欧文著《华盛顿传》(合译,新华出版社)

1984,《不平凡的一生——哈默传》(合译,知识出版社)
1985,《无冕之王》(合译,新华出版社)
1987,《文学翻译原理》(河南大学出版社)
1988,《中国翻译大辞典》(参编,湖北教育出版社)
1999,《中国翻译大辞典》(参编,中国对外翻译出版公司)
1999,《英汉翻译技巧》(合著,河南大学出版社)
2001,鲍桑葵著《美学史》(重印版)(广西师范大学出版社)
2001,帕克著《美学原理》(重印版)(广西师范大学出版社)
2005,《文学翻译原理》(修订版)(清华大学出版社)

(一)《文学翻译原理》

《文学翻译原理》18.8万字,1987年第一版第一次印刷,1998年第一版第三次印刷,印数达到10000册。本书出版后深受读者欢迎,获得学术界普遍赞扬,已多次重印,并于2005年再版。

《文学翻译原理》共11章,对文学翻译的诸多基本理论和基本实践问题进行了科学的探讨和系统全面的阐述,见解独到,观点精辟。尤其对文学翻译实践过程中的10个问题(即10对矛盾),用马克思主义的哲学美学观点给予了具体明确的回答。

《文学翻译原理》是张今40年译事经验的总结,实现了理论和实践的完美结合。张今的翻译理论不仅取决于他个人的哲学、美学、文艺学等方面的深厚功底,还依赖于他丰富的翻译实践经验。他运用抽象概括的方法,把翻译实践中的具体经验升华为独特的翻译理论,提出了真善美的翻译标准,揭示了文学翻译的艺术本质,提出了译文内容和形式、整体和细节是辩证统一的关系。他提出的文学翻译理论由此被称为翻译理论的文艺学派。

《文学翻译原理》提出了马克思主义的文学翻译理论体系,是迄今为止国内外第一本用马克思主义的立场、现实和方法来系统研究文学翻译原理的专著。当时国内较为有名的文学理论或文学原理的书是以群的《文学的基本原理》和蔡仪的《文学概论》,但是文学翻译原理的理论著作从没有见过。《文学翻译原理》从理论高度详细论述了翻译所涉及的语言、风格、思想、标准、民族性、时代性、思想性等等,令人耳目一新。

张今提出的文学翻译标准是真善美,是从哲学的角度和高度对严复"信达雅"标准的提升和深化。所谓真,就是文学翻译的真实性原则。文学翻译的真实性表现为细节真实、社会真实和艺术真实的统一,因为是否真实地反映一定的社会生活是衡量文学创作的艺术价值的主要标准。所谓善,就是文学翻译的思想性原则。我们应该用最先进的世界观来处理文学翻译中的各种问题。我们应该挑选、翻译并向国内外介绍对人民群众有益、确有思想和艺术价值的文学作品,我们的文学翻译作品要有为我国和世界政治、经济和文化进步服务的动机和效果。所谓美,就是艺术性原则。文学翻译必须关注整体和细节的关系,达到形式和内容的高度统一,在客观忠实地表述原文意义的同时,使用完美的语言形式。

翻译界前辈吕叔湘先生和河南大学外语系张明旭教授审阅了本书手稿，原商务印书馆副总编辑高崧、原中国社会科学院美国研究所研究员董乐山、原新华通讯社高级翻译刘炳章做序。

吕叔湘先生认为："《文学翻译原理》以马克思主义哲学和美学的观点，分析了文学翻译中各项基本问题，是国内第一本研究文学翻译理论的著作，其中见解也有独到之处。"

高崧先生写道，"《文学翻译原理》从哲学和美学的高度，研究了文学翻译中的各项基本问题，尝试建立马克思主义的文学翻译原理体系，我以为这个体系全面而深刻，是独到的。作者对辩证法运用得十分娴熟，澄清了这一领域内种种形而上学的见解，尤其难能可贵"，从而在翻译学界独树一帜。

翻译界泰斗许渊冲认为："《文学翻译原理》是我国第一本关于文学批评理论的著作，书中提出的'真善美'是文学翻译的最高标准，是独到的见解。"

董乐山研究员说："《文学翻译原理》填补了国内这一领域空白，在学术上有开拓价值。"

翻译家王以铸说："这是一部具有开创价值和总结意义的力作，值得向我国外语界和翻译界的同志们推荐。"（王以铸，"读张今著《文学翻译原理》"，《中国翻译》，1988，(5)）

王佐良先生称赞《文学翻译原理》"很有创意"。

《文学翻译原理》出版后，《中国翻译》《读书》《书刊导报》和《新闻出版报》先后发表评论，予以评价，内地和香港不少大学的研究生导师都采用本书作为研究生教材。《文学翻译原理》曾获得中南地区大学出版社优秀学术著作一等奖、河南省优秀图书奖、河南省首次社会科学优秀著作二等奖、河南大学1987年度优秀科研成果一等奖。该书1992年获得国家教育委员会颁发的高等学校出版社优秀学术著作优秀奖。

（二）《文学翻译原理》（修订版）

《文学翻译原理》（修订版）32万字，2005年清华大学出版社出版。

《文学翻译原理》（第一版）中的理论体系是在辩证唯物主义和历史唯物主义的指导下，以文艺学模式为基础建立起来的，着重研究文学翻译中的美学问题。第一版书稿完成于20世纪60年代初。由于种种客观原因，原稿一直未能出版，直到1987年才得以付梓。付梓之前，张今注意到文学翻译研究的第二次转向，即"功能转向"。因此，他对原来的书稿作了全面修订，以便把"功能转向"的积极成果，如等值、等效、接受美学、读者反应论、建构主义等理论观点吸收进来。所以说，《文学翻译原理》（第一版）实际上反映了文学翻译研究两次转向的积极理论成果。

时间进入20世纪90年代以后，文学翻译研究的第三次转向（即文化学转向）的理论成果被陆续介绍到中国来，《文学翻译原理》（修订版）吸收了文化学转向的理论成果，在第三章中增补了马克思主义哲学诠释学要点和原型模型论要点，在第十章中增补了文学翻译操作规程和操作规则。

文学翻译原理第一版和修订版之间相隔了18年。为了追求不断发展的真理,张今志存高远,完成了10多年来的夙愿。

(三)翻译实践

张今做翻译,既翻译一般作品,又翻译学术著作,前者如《华盛顿传》《无冕之王》和《不平凡的一生——哈默传》,后者如《美学原理》《美学史》和《学习方法及其在教育上的应用》。在翻译实践中,无论是翻译学术著作,还是翻译一般作品,张今都一丝不苟,字斟句酌,力求达到形式和意义的完美结合。为了实现这样的目标,他在翻译学术著作时,不仅要求自己充分理解原著,而且要求自己充分了解所译著作的专业知识,包括专业术语,以保证译文只说"行话",不说"外行话"。他认为,只有这样,才能保证译文既符合汉语语言的规范和要求又符合专业学术语言的规范和要求。

张今翻译的《美学原理》和《美学史》在哲学界、美学界、文艺美学界以及文学界都产生了重要影响,使得他像朱光潜先生一样,成为新中国翻译史上第一批将西方美学经典介绍给中国读者的译者之一。

中国社会科学院美国研究所研究员董乐山说:"《美学史》原文极其艰深,非一般人所能胜任。"

中国社会科学院哲学研究所研究员、美学研究专家李泽厚也翻阅过《美学原理》和《美学史》,他觉得"译笔甚好,水平颇高",充分肯定了张今的"语言造诣和渊博学识"。

六、勇于探索的哲学家

张今一直重视哲学研究,用哲学思想武装自己的头脑,从事各种科研活动。到河南大学工作后,他一直给哲学专业的硕士研究生授课,受到老师和学生们的普遍好评。著名美学专家李泽厚曾邀请张今一起研究美学。

张今在辩证法方面颇有研究,他出版的哲学著作主要有:《东方辩证法》(2002年,河南大学出版社)、《用科学揭开〈易经〉的神秘面纱》(2008年,山西出版集团/山西科学技术出版社)、《东方辩证法》(修订版)(2013年,河南大学出版社)。

张今1990年开始研究《周易》。同年10月,张今参加了在安阳举行的"《周易》与自然科学研讨会"。这又重新激起了他对易经之学从孩提时代就拥有的浓厚兴趣。为了弄清《周易》的符号系统是不是值得研究,他专门到北京去请教老友李慎之。

李慎之[①]认为,《易经》是中国传统思想文化最重要的源头活水。它既是"五经"之首,又是"三玄"之一。《易经》从开始形成时起,就是民族智慧的萃聚。三千多年的历史证明,借助于《易经》,中华民族较早地从巫术文化进到礼乐型的人文文化。中国人的思维方式、行为方式、审美抒情方式无不与《易经》有关,中国人的价值观念、伦理政治观念、社会历史观念以至整个宇宙观无不与《易经》有关。《易经》是我们民族认识改造世界

---

① 张今、罗翊重:《东方辩证法》,河南大学出版社,2002,第1-2页。

的武器,是最高层次的理论框架,即"求真"依靠《易经》;《易经》还是我们民族求得个体之间、个体与群体之间、群体之间的人际关系最佳状态——和谐友爱的原则依据,即"崇善"依靠《易经》;《易经》还是我们民族在求得天与人、人与人的和谐基础上进而求得自我内心充实、宁静、舒坦、恬适……的美乐安详的归宿,即安身立命境界构造的依据,实现"爱美"心理欲望的指导原则。总之,《易经》是民族文化生命的核心支柱,因而也理应随着时代历史的前进而选淘升华,充实完善,弘扬光大。任何严肃认真、不苟不妄、确有创获的《易经》研究之作,都必然是和充实完善民族精神支柱的伟大历史任务联系起来的。

张今对于东方辩证法的研究,得益于他敏锐的学术洞察力。1984年,著名哲学家冯友兰先生在致中国第一届《周易》学术研讨会的贺信中提出了"《周易》是宇宙代数学"的命题。张今敏锐地注意到了冯先生的这一命题,并受此启发,深入研究了著名美籍华裔冶金学家焦蔚芳提出的焦氏"《周易》宇宙代数学"。他认为"这一理论体系大体上是成功的"。在此基础上,他深入研读了《周易》原本,并广泛涉猎了有关理论和研究,经过多年的刻苦钻研和不懈努力,建构了东方辩证法理论体系。

应该说,张今研究《易经》之学最初固然是出于个人兴趣,但也有明确的目的,那就是用科学的方法挖掘和弘扬祖国优秀的传统文化遗产。

（一）《东方辩证法》

经过 10 年潜心研究，张今终于在 2002 年出版了《东方辩证法》(第一版)，全书 31 万字。

张今对如何算卦并无兴趣，而是凭借其深厚的哲学修养、娴熟的辩证法运用能力和广博的数论知识推衍出《周易》所蕴含的符号系统，大大提升了《周易》的学术价值。

东方辩证法也就是《周易》辩证法，东方辩证法是"《易经》之学"的本质与核心。《东方辩证法》包括三个部分，即上篇(探源篇)、中篇(系统篇)和下篇(应用篇)，从东方辩证法的来源谈到东方辩证法的系统，再谈到东方辩证法的应用以及与西方哲学的差异，涉及易道三进制的意义、东方辩证法的两种信息系统、现代形态的东方辩证法与重建中国哲学的思考。

在这部著作中，张今提出了《易经》应有的完备符号系统，即辩证数理逻辑的符号系统。他按照西方学术规范，设立了五条公理，建立起两套辩证数理逻辑公理系统。西方自然科学的一切原理都是从公理化系统中推导出来的。由于这个缘故，西方人士就不能不承认我们的辩证数理逻辑也同样是一种科学理论。

《东方辩证法》一书为《周易》辩证法建立了科学、严密的公理化理论体系，引起了中国哲学界的高度关注。

张今认为，《东方辩证法》一书有三个贡献。第一个贡献是全面揭开了《易经》的秘密；第二个贡献是发现古代东方辩证法中暗含的事物外部矛盾运动规律;第三个贡献是发现直观体悟(即灵感、直觉等智慧思维)的机制,为科学知识创新奠定了理论基础。

张今认为,《东方辩证法》是他所有著作中最有价值的,因为它宣告一门新的学科——东方辩证法——的诞生。

2005年,我去哈佛大学访学,受张今先生委托,把《东方辩证法》赠送给时任哈佛·燕京学社主任杜维明先生。当时在哈佛大学语言学系攻读博士学位的艾瑞喜听说《东方辩证法》是张今的新作,想方设法获得了此书。2008年,我在北京参加国学双语研究会成立大会,认识了大易翻译学的创始人陈东成,他知道有《东方辩证法》一书后,在网上求助,终于在孔夫子书店购得一本。

(二)《用科学揭开〈易经〉的神秘面纱》

《用科学揭开〈易经〉的神秘面纱》31万字,山西出版集团和山西科学技术出版社联合出版,是田合禄主编的"周易与现代科学研究"丛书中的一部,书如其名,就是要用科学揭开《易经》的神秘面纱,用科学方法把祖国优秀的辩证法遗产加以创新和发扬。

很多人认为,《易经》就是巫术,是关于算命的迷信书籍,甚至有人说张今晚年糊涂了,开始迷信了,开始研究《易经》了。读完《用科学揭开〈易经〉的神秘面纱》,也就明白了张今为什么醉心于《易经》的研究。

《用科学揭开〈易经〉的神秘面纱》目的在于用科学的方法揭开《易经》的全部重大秘密,包括易的起源、"河图""洛书"的秘密,《易经》卦序之谜,等等。《易经》是世界文明第一宝典,受到世界各国读者的关注。如果我们中国人对《易经》的种种秘密都提供不了科学的解释,我们就无法向世界读者交代,也对不起我们的祖先。

《用科学揭开〈易经〉的神秘面纱》除了十五章正文外,还包括四个附录,详细介绍《易经》基本知识、《易经》今译今注、《系辞传》今译和《说卦传》今译。所以,该书是学习和研究《易经》的入门书,值得推荐。

(三)《东方辩证法》(修订版)

《东方辩证法》出版之后,张今就准备对其进行修订,其目的是进一步完善东方辩证法理论体系。马克思曾经说过,"一门科学,只有当它成功地运用数学方法时,才能达到完善的地步"。修订《东方辩证法》就是要为辩证数理逻辑公理系统找到最合适的数学形式,使其理论体系更加完备。

《东方辩证法》(修订版)17万字。基本上是全新的内容,包括"焦氏周易宇宙代数学简介"、"东方辩证法理论体系"和"东方音乐思维"三章。

根据数论,自然界中一切系统都是非线性系统。因此,辩证数理逻辑公理系统必须具有最合适的数学形式,才能反映自然界中的非线性系统。按照美籍华裔工程师焦蔚芳先生的意见,这种最合适的数学形式就是复数数域复数方程式。焦蔚芳先生的理论有严重的错误,因为他只讲"洛书"而取消了"河图"。但是,他的理论也有其合理部分,那就是他为复数方程式所列出的数学方式。

限于篇幅,这里主要介绍焦氏宇宙代数学为理想世界伏羲64卦配置的复数数学模型。张今认为它适用于一切建立在差别对立基础上的物理学理论。

理想世界伏羲 64 卦之复数方程式

0 坤	1 剥	2 比	3 观	4 豫	5 晋	6 萃	7 否
(63+0i)	(62+1i)	(61+2i)	(60+3i)	(59+4i)	(58+5i)	(57+6i)	(56+7i)
8 谦	9 艮	10 蹇	11 渐	12 小过	13 旅	14 咸	15 遁
(55+8i)	(54+9i)	(53+10i)	(52+11i)	(51+12i)	(50+13i)	(49+14i)	(48+15i)
16 师	17 蒙	18 坎	19 涣	20 解	21 未济	22 困	23 讼
(47+16i)	(46+17i)	(45+18i)	(44+19i)	(43+20i)	(42+21i)	(41+22i)	(40+23i)
24 升	25 蛊	26 井	27 巽	28 恒	29 鼎	30 大过	31 姤
(39+24i)	(38+25i)	(37+26i)	(36+27i)	(35+28i)	(34+29i)	(33+30i)	(32+31i)
32 复	33 颐	34 屯	35 益	36 震	37 噬嗑	38 随	39 无妄
(31+32i)	(30+33i)	(29+34i)	(28+35i)	(27+36i)	(26+37i)	(25+38i)	(24+39i)
40 明夷	41 贲	42 既济	43 家人	44 丰	45 离	46 革	47 同人
(23+40i)	(22+41i)	(21+42i)	(20+43i)	(19+44i)	(18+45i)	(17+46i)	(16+47i)
48 临	49 损	50 节	51 中孚	52 归妹	53 睽	54 兑	55 履
(15+48i)	(14+49i)	(13+50i)	(12+51i)	(11+52i)	(10+53i)	(9+54i)	(8+55i)
56 泰	57 大畜	58 需	59 小畜	60 大有	61 大壮	62 夬	63 乾
(7+56i)	(6+57i)	(5+58i)	(4+59i)	(3+60i)	(2+61i)	(1+62i)	(0+63i)

东方辩证法理论体系主要包括:(1)辩证法数理逻辑公理系统;(2)两个世界的理论;(3)亚氏逻辑和狭义辩证数理逻辑统一在广义辩证数理逻辑之下的原理;(4)广义辩证数理逻

辑在不同的条件下分别转化为亚氏逻辑和狭义数理逻辑的原理;(5)时空统一三维原理;(6)日地月三体运动天文学模型;(7)外部矛盾为内部矛盾提供原始动力,内部矛盾决定事物运动的形式和方向的原理;(8)共轭相生原理(包括原型-模型论);(9)菲波那契级数原理;(10)循环原理;(11)阴阳互为消长原理;(12)有无相生原理;(13)异质同构原理;(14)因果性原理;(15)绝对真理和相对真理原理;(16)西方辩证法三定律;(17)遗传机制是一种反演机制。

东方音乐思维是东方辩证法的重要组成部分,博大精深。张今通过推论发现,东方音乐有72种调式,而西方音乐只有6种调式。他还在《周易》中发现了126首古曲,准备找乐团演奏,找刊物发表。当然,他也强调,这一宫调理论需要接受民族音乐实践的检验。

后　　记

2019年3月4日，河南大学召开科研工作会议。会后文学院、历史文化学院、教育科学学院、法学院和外语学院留下来，河南大学人文社科研究院启动弘扬老一辈学人学术传承计划，拟出版系列丛书"夷门传薪学人传"，每本10万字左右，学校立项基金3—5万。外语学院积极筹备，"夷门传薪学人传"申报的专家是吴雪莉、张今、刘炳善和徐盛桓，作者分别是高继海、张克定、黄鑫和李淑静。后来因为张克定老师正在准备国家社科基金项目结项，《夷门传薪学人传　张今》由我负责撰写。

"夷门传薪学人传"立项时，我特别忙。当时除了教学、科研和带硕士研究生外，我分管外语学院学科建设、科研研究、学术交流、博士后流动站、本科教学、本科招生、图书资料工作，代管《外文研究》编辑部，无暇开始《夷门传薪学人传　张今》的工作。2019年9月底，《外文研究》编辑部的工作移交给了新任编辑部执行主任李巧慧。同年11月底，外语学院本科教学和本科招生工作移交给了外语学院新任副院长付江涛，工作稍微清闲一点，就开始着手《夷门传薪学人传　张今》的资料收集工作。

原计划2020年寒假期间集中时间收集材料和外出调研，不巧的是，2020年1月新冠疫情爆发，武汉告急，全国告急，国家、省、市、学校出台一系列政策规定，不允许外出，到北京、安阳等地收集材料和采访相关人员的计划只好取消。2020年上半年受疫情影响，不能外出，学生也不能返校，教学都是远程线上进行，60后的我也不得不学习使用不同的授课软件，焦头烂额地完成一个学期的授课任务。同时，还远程完成了指导本科生和硕士研究生的毕业论文。原以为到了夏天新冠病毒会消失，新冠疫情会过去，但事与愿违，2020年的暑假依然不能自由外出，我也只能选择远程电话咨询和采访相关人员。

感谢张今先生的家人，他们是张今先生的夫人马玉玲老师、妹妹张玲女士、大儿媳妇李安莲女士、女儿张宁和幼子张颖。

感谢河南大学及外语学院的领导和老师。他们是徐有志教授、吕长发教授、刘光耀教授、郭尚兴教授、张克定教授、刘辰诞教授、高继海教授、李卫国书记、杨朝军院长、史富强书记、张晓晖老师、黄鑫老师等。

感谢张克定老师提供的资料和照片，特别是河南大学网站上"悼念张今先生专栏"上的文章。虽然当时我也下载了这些文章，但是少了一篇董兰兰的文章。更为重要的是我没有下载图片，也没有截图保存当时的网站全貌。后来学校网站更新，"悼念张今先生专栏"的链接撤销，这个专栏就永久地消失了。张克定老师提供的文章和专栏截图就显得尤为珍贵。

感谢张晓晖老师在百忙之中通读本书初稿，并提出很多宝贵的修改意见。

感谢张今先生的学生们，他们是河南师范大学外国语学院院长梁晓冬教授、安阳工学院外语学院院长李霞教授、安阳市教育局盛书钢先生、安阳飞鹰自行车供应公司高泽民先生、深圳实验学校王光照先生、在深圳工作的骈俊祥先生、中国人民银行北京总行郝向杰先生等。高泽民提供了张今先生1988年至1992年间给他写的四封信。盛书钢主动捐出张今先生书稿一本(关于转化关系与转换关系——兼论深层结构与逻辑句式)、张今先生《英汉语法比较纲要》盛书钢抄写稿三本、张今先生与盛书钢通信12封、张今先生为盛书钢修改翻译文章一份。王光照、骈俊祥和郝向杰都专门撰写了文字材料,纪念张今先生。

感谢河南大学人文社科研究院,特别是孔令刚副院长和丁翼虎副院长。没有人文社科研究院的规划和设计,就不会有"夷门传薪学人传"项目;没有"夷门传薪学人传"项目,就不会有《夷门传薪学人传　张今》一书。

感谢河南大学出版社的领导、编辑和排版人员,特别是本书编辑屈琳玉女士。

感谢我的家人,感谢他们多年来的理解和支持。我总是干啥啥忙,很少有闲暇时间。家务做得不多,陪伴家人的时间更少。

希望恩师在天有灵,在天堂里能够看到这本小书的出版。